Rachid Benzine est enseignant, islamologue et chercheur associé au Fonds Ricœur, auteur de nombreux essais dont le dernier est un dialogue avec Delphine Horvilleur, *Des mille et une façons d'être juif ou musulman* (Seuil). Sa pièce *Lettres à Nour* a été mise en scène avec succès dans plusieurs pays. Après *Ainsi parlait ma mère*, et *Dans les yeux du ciel*, il signe *Voyage au bout de l'enfance*, un livre bouleversant et courageux.

Rachid Benzine

LETTRES À NOUR

Postface inédite de l'auteur

Éditions du Seuil

Une première édition de ce titre a paru en 2016
sous le titre *Nour, pourquoi n'ai-je rien vu venir ?*

TEXTE INTÉGRAL

ISBN 978-2-7578-7698-5
(ISBN 978-2-02-134089-1, 1ʳᵉ publication)

© Éditions du Seuil, 2016, à l'exception de la langue néerlandaise
© Éditions du Seuil, 2019, pour la postface

Le Code de la propriété intellectuelle interdit les copies ou reproductions destinées à une utilisation collective. Toute représentation ou reproduction intégrale ou partielle faite par quelque procédé que ce soit, sans le consentement de l'auteur ou de ses ayants cause, est illicite et constitue une contrefaçon sanctionnée par les articles L. 335-2 et suivants du Code de la propriété intellectuelle.

À Waël et Izza

Avant-propos

Écrire est encore souvent le meilleur moyen de résister à l'incompréhension, de combler l'absence de dialogue et de repousser les limites d'une réalité qui nous impose ses règles. Je l'ai compris en écrivant ce texte.

Comme sans doute beaucoup de gens, je suis depuis des mois travaillé par une question lancinante, qui revient cogner en moi comme une migraine récurrente, familière. Comme une douleur qui me force à m'arrêter.

Depuis des mois, je suis pris d'assaut par une question : « Pourquoi de jeunes hommes et de jeunes femmes, nés dans mon pays, issus de ma culture, dont les appartenances semblent recouvrir les miennes, décident-ils de partir dans un pays en guerre, et pour certains de tuer au nom d'un dieu qui est aussi le mien ? »

Cette question violente a pris une dimension nouvelle le soir du 13 novembre 2015, quand la rupture à l'œuvre dans le monde extérieur a éclaté en moi et m'a déchiré avec une évidence effarante : une partie de moi venait de s'en prendre à une autre partie de moi, d'y semer la mort et la douleur.

Comment vivre avec cette déchirure ? Pour moi dont la passion devenue travail est de déconstruire pierre à pierre les édifices d'une croyance et d'un dogme mythifiés par le temps, voilà que ce même dogme et cette même croyance me revenaient avec une force arrogante et une haine froide, pour tout défier en moi : ma pensée comme mes appartenances.

Dans ce moment de choc, j'ai couché des idées sur le papier, comme si je me parlais à moi-même. Je m'interrogeais sur le sens de mon travail : est-il utile ? est-il même compris ? à quoi sert-il ? L'esprit critique que je défends est-il une arme à double tranchant ? En même temps, j'étais assailli par les analyses, les discours, les recherches portant sur ces hommes et ces femmes partis dans les limbes d'une idéologie meurtrière. J'ai réalisé la fragilité de nos certitudes, la fragilité de notre monde, les limites de notre raison. Et, surtout, j'ai ressenti l'absence de rencontre, d'échange, entre ces deux mondes qui se font face dorénavant et que j'aurais bien du mal à nommer : « Civilisation contre barbarie » ? « Raison contre religion » ? « Modernité contre archaïsme » ?

J'ai réalisé que l'on avait désincarné ces idées, ces termes, devenus des grilles plaquées sur la réalité qui nous échappe.

Qui porte la modernité et qui porte l'archaïsme ? Qui porte la barbarie et qui porte la civilisation ? Ces notions qui catégorisent notre monde, j'ai voulu les incarner, les humaniser, en les faisant porter par des personnages qui se font face. Et qui n'arrivent pas à comprendre les accusations que l'un porte contre l'autre.

C'est ainsi qu'a pris forme peu à peu ce dialogue entre deux êtres qui ne peuvent renoncer l'un à l'autre, un père et sa fille, parce que l'amour qui les unit reste plus fort que tout. Et pourtant, tout les sépare. L'esprit critique du père est retourné contre lui : les principes auxquels il croyait sont devenus des armes aux mains de sa fille. L'impuissance de deux êtres si proches, si complices, à établir un dialogue, à trouver une entente, un point d'accord, est la brûlure qui traverse ce texte.

Elle renvoie à ce que nous vivons aujourd'hui. Avec ces jeunes, outre qu'ils sont mes compatriotes, j'ai en commun un patrimoine. Je le déconstruis, ils le barricadent. Mais il nous lie, et c'est la seule chose que je partage encore avec eux. Cela, et l'idée d'un dialogue, difficile, impossible.

En attendant de le vivre, je l'ai imaginé.

Falloujah, le 13 février 2014

Mon cher papa,

Je sais que cette lettre va te faire du mal. Pourtant, je veux te dire combien je t'aime. Papa, je t'ai demandé l'autorisation de passer quelques jours chez tante Safia. Je n'y suis pas allée. Pardonne-moi : je t'ai menti. Avant-hier soir, je suis arrivée en Irak pour rejoindre mon mari. Nous nous sommes connus sur Internet. Il est formidable. Je suis sûre que tu l'aimeras. C'est un responsable régional de l'État islamique, tu sais, cette armée de volontaires qui s'est constituée pour défendre l'islam et les pauvres. Il s'appelle Akram. Il est très instruit en religion et très courageux. Il dirige la police, ici à Falloujah. Ça me fait rougir de te dire cela, mais il est aussi très beau. Et très fort.

Papa, mon cher papa, je suis si heureuse de te l'annoncer : nous nous sommes mariés dès mon arrivée en Irak. Ta petite fille est maintenant une femme ! Heureuse, épanouie – comme tu l'as toujours souhaité. Depuis la mort de maman il y a quinze ans, tu as consacré tout ton temps à m'éduquer, à m'enseigner la philosophie comme si j'étais l'une de tes étudiantes. Grâce à toi, je me suis imprégnée de toutes ces valeurs auxquelles tu crois : la liberté, la démocratie, l'égalité entre tous les humains, la culture, l'émancipation des femmes, la justice et la bienveillance envers les pauvres. Et tu m'as enseigné aussi l'islam.

Tu m'as dit : « La religion n'enferme pas : elle libère la vie, l'amour, la tendresse. »

Tu m'as dit : « Sois libre ! » Tu m'as dit : « Sois plus grande que moi, ton père. » Tu m'as dit : « N'aie pas peur de prendre les chemins de la subversion, car le message d'Allah, Gloire à Lui, est un message d'insoumission. » Eh bien, j'ai choisi ma voie comme tu as toujours désiré que je le fasse. Ce n'est sans doute pas la voie que tu aurais voulue pour moi, c'est vrai… Mais le futur auquel nous aspirions, les rêves que nous faisions n'étaient au fond que des figures de l'égoïsme. Cet égoïsme qui faisait passer nos désirs avant les souffrances des autres.

J'ai suivi ton message et ton amour pour moi. J'ai compris avec mon propre cœur et ma propre raison. Je suis libre et heureuse, comme tu m'as toujours voulue. J'ai rejoint un homme que j'aime et qui partage nos valeurs. Ici, nous allons recréer la cité radieuse, un monde humain enfin à l'image d'Allah, gloire à Lui, et du Prophète, paix et salut sur lui. Nous allons chasser les mécréants. Chasser tous ceux qui salissent notre religion ; chasser les croisés. Chasser leurs esclaves serviles. Nous allons libérer l'Irak. Porter notre message à la Syrie. Chasser le dictateur qui martyrise son peuple et méprise l'islam. Et un jour proche, nous libérerons aussi nos frères et sœurs palestiniens. Tu me l'as toujours dit : « Nous sommes responsables de ce qui se passe dans le monde. Tant qu'il y a en nous un souffle de vie, nous devons lutter pour la libération des peuples. » J'ai accompli ton vœu, papa !

Ne me demande pas comment je t'ai fait parvenir cette lettre manuscrite. Quand tu voudras y répondre, il te suffira de poster ta lettre sur ce site, oummadjihad.com, en indiquant simplement mon nom.

Je t'aime, mon papa chéri.

Ta fille, Nour

3 mars 2014

Ma petite fille chérie,

Quel soulagement que de recevoir ta lettre et lire tes mots. J'ai eu si peur ! Ta disparition m'a terrassé. Je ne savais pas où tu étais, où te chercher. J'ai alerté la famille, les amis, les autorités. Personne ne savait où tu étais passée. J'ai tout imaginé, même le pire. Surtout le pire… Et aujourd'hui je reçois ta lettre qui me rassure, car tu es en vie ! Mais cette même lettre me met au supplice par ce qu'elle m'apprend. À l'instant où je te retrouve, je découvre que je te perds !

Comment as-tu pu partir ainsi sans rien me dire ? J'aurais déjà pu en mourir, tu le sais. Et moi… comment n'ai-je pas soupçonné ton projet insensé ? J'aurais pu essayer de te convaincre d'y renoncer. À défaut, te dire au revoir… Je suis meurtri de ne rien avoir vu. De n'avoir rien pu faire. Je me sens si coupable !

Je t'en supplie : reviens ! Tu as à peine vingt ans. Tu es brillante dans tes études de philosophie et de sciences religieuses. Tu as encore tant à apprendre, tant à découvrir, tant à vivre aussi… La situation en Irak et en Syrie est très dangereuse. J'ai vraiment peur pour toi. Je ne sais pas si les choses sont aussi simples que tu me les décris : les médias disent tant de choses contradictoires. Depuis que j'ai reçu ta lettre, j'achète tout ce que je peux lire pour tenter de comprendre ce qui se passe là-bas. Je veux tout connaître : la vie quotidienne, les forces en présence, les lieux de combats... J'écoute la radio. Je regarde la télé. Je tremble à la moindre information négative. Je passe mes journées sur Internet. Je suis aussi devenu un adepte des réseaux sociaux : ils me rendent fous ! J'y trouve les espoirs les plus réconfortants et les inquiétudes les plus extrêmes. Ce n'est jamais clair : il faut souvent recouper plusieurs informations pour avoir une idée de ce qui se passe. D'après ce que je lis, le Front démocratique est loin d'avoir gagné la partie dans les deux pays. Le pouvoir en Irak est à l'agonie, et celui de la Syrie toujours debout et très puissant. Comment différencier les tyrans des démocrates, les mafieux des justes, les nobles des barbares parmi ceux que tu fréquentes désormais ? Je me perds dans mes lectures. Et dans cette veille sans fin qui a remplacé mes nuits : le sommeil m'a déserté, la détresse est mon ordinaire, la peur domine ma raison.

Une chose m'inquiète cependant : tes dernières phrases. Elles ne nous ressemblent pas. Je ne t'ai jamais enseigné la haine des autres. Je suis fier de ton engagement auprès des plus pauvres, des martyrisés, mais il y a aussi en Irak et en Syrie des groupes religieux radicaux, des fanatiques qui professent de fausses idées sur la religion et sur les êtres humains. Ne te trompe pas de combat : la liberté, la démocratie, l'émancipation des peuples passent par l'éducation. Une éducation bienveillante nous apprend à aimer les altérités ; les différences nous enrichissent. En chaque peuple, en chaque religion, en chaque être, il y a du bien. N'oublie jamais de voir cette richesse humaine dans le regard de celles et de ceux qui sont différents de toi. Leurs croyances, leurs valeurs, leur culture t'enrichiront. L'amour d'Allah est présent en chaque être, même chez le plus vil. C'est à Lui qu'il faut t'adresser. Demande à Allah de te guider et appuie-toi sur ta raison pour comprendre Son message. Et n'oublie jamais que la haine et l'exclusion ne sont pas des chemins qui mènent vers Allah, mais dans de terribles impasses !

Te souviens-tu de ton amie juive ? Celle de ta classe quand tu avais à peine six ans. Des camarades s'étaient moqués d'elle et tu l'avais défendue. J'étais très fier de toi. Tu étais rentrée à la maison surexcitée. Je t'écoutais et je voyais dans tes yeux, dans ta vivacité, dans l'attachement à ton combat du jour, le doux visage de ta maman. J'en pleurais et riais de bonheur tout à la fois. La maladie l'avait arrachée à notre affection, mais elle revivait pour moi en toi.

Je t'en supplie, reviens, ma petite Nour adorée ! Reviens avec ton mari. Vous vous installerez dans la maison, et moi j'irai habiter la maisonnette au fond du jardin. Elle me suffira amplement. Vous trouverez de nobles luttes à mener. Là-bas, tout est compliqué. Tu ne sais jamais si tu n'es pas manipulée, si ton combat est juste et vrai. Réponds-moi vite, je t'en supplie ! Je ne pourrais pas survivre à ton décès. J'ai survécu à celui de ta mère uniquement parce que tu étais là, toi le fruit de notre amour. J'ai survécu pour toi, pour que tu aies une vie heureuse malgré tout. Reviens-moi vite, ma petite Nour !

Je t'aime, je t'aime. Je t'aime.

Papa

Falloujah, le 6 mars 2014

Mon papa chéri,

Je comprends que tu te fasses du souci. Tu t'en es toujours fait, sans trop le montrer, pour ne pas m'étouffer. Tu me poussais à me débrouiller par moi-même, mais tu me surveillais toujours de près. Comme ce jour où tu m'as laissée prendre le bus seule. J'avais onze ans, je voulais aller à la bibliothèque avec des amies… Tu m'as suivie en voiture, sans que je m'en rende compte, pour être sûr que tout irait bien. Et ce jour de départ en voyage scolaire où tu es allé discrètement donner à la maîtresse mon oreiller sans lequel j'avais toujours mal au cou ! Je ne voulais pas l'emmener : personne n'emmène son oreiller en vacances… Je ne voulais pas que l'on se moque de moi, mais toi, tu le lui as donné, comme l'aurait fait une maman. Au cas où…

Aujourd'hui, tu t'inquiètes encore, papa, mais tu ne devrais pas. Tu ne devrais plus ! Ici je suis au Paradis. Tout ce dont un musulman peut rêver dans sa vie se trouve à Falloujah. Tous les jours, de bonnes nouvelles arrivent de partout. Nous volons de victoire en victoire. Partout les habitants nous accueillent en libérateurs. C'est la fin des hypocrites, des suppôts de Satan. De tous ceux qui étaient prisonniers des croisés dans leur corps, leur cœur, leur tête. C'est la fin d'un esclavage, papa ! Je participe à l'achèvement d'une servitude, comme quand les esclaves noirs des États-Unis ont gagné leur liberté au XIXe siècle. Cette délivrance va gagner le monde entier. Les monarchies dévoyées du Golfe vont bientôt être balayées, car nous avons déclenché une tempête libératrice sur toute la planète. Ce que la Grande Révolte arabe des années 1916-1918 n'a pas pu obtenir, nous allons le réussir grâce à notre mouvement. Mais surtout, papa, ce n'est pas l'illusoire et stérile panarabisme que nous allons faire revivre, avec des nations écrasées par leurs monarques et des régimes de bouffons à la solde de l'Occident : c'est la Oumma ! La Oumma islamiya !

Chaque jour mon mari me raconte nos progrès à grands pas. Je ne peux pas te décrire l'enthousiasme qui règne ici. Je rencontre régulièrement des sœurs qui ont fait le même choix que moi et qui se sont mariées avec des combattants. Pour nous toutes, c'est l'aboutissement d'un parcours, la fin d'une attente vaine que nous vivions dans des pays qui ne nous proposaient aucun avenir et où l'islam est bafoué tous les jours. Il y a beaucoup de sœurs tunisiennes ici, qui ont fui l'imposture qui règne dans leur pays. Certaines sont très courageuses : elles font le djihad du *nikah*. C'est formidable ! Alors que tant d'Occidentales sacrifient leur corps à Satan, à la sexualité déchaînée, sale, dégradante, nos sœurs offrent ce qu'elles ont de plus pur. Ce qu'elles ont préservé pour participer au djihad. Je n'ai pas leur courage, mais grâce à elles je comprends tout le soutien moral que je peux apporter à mon mari dans sa lourde tâche quotidienne. Car son travail est difficile. Des partisans dépravés de l'Occident et des espions sévissent toujours dans nos rues. C'est pour cela que nous, les femmes honnêtes, nous ne devons pas sortir. Nos hommes nous protègent, mais nous ressentons bien, à travers eux, tout l'émerveillement que suscite dans la population l'arrivée du vrai islam. Mon mari a l'énorme tâche de coordonner cette chasse aux ennemis de l'islam. Quand on les attrape, on les met en prison en attendant leur jugement. Ils sont traités avec bienveillance, et la *sharia* est là pour organiser une société sereine, sans voleurs, sans pauvreté, qui privilégie le bien, la morale, l'équilibre et le bien-être de tous.

Grâce à nous, tous les enfants vont retrouver le sourire. Ils vont pouvoir aller à l'école, être bien soignés, faire des jeux divertissants et agréés par Allah *Soubhana wa ta'ala*[1]. Tu ne peux pas savoir le bonheur que je vis ! Avec mes sœurs, nous ressentons toutes la même chose. Nous accomplissons notre destin de femmes. On ne nous demande plus de séparer la spiritualité, le corps, l'esprit. Je ne suis pas une femme soumise. Je suis sûre que ça te fait plaisir, papa, que je reste la même. J'ai choisi librement, en pleine conscience de servir ma religion et mon mari. Et je ne peux être plus épanouie que je le suis aujourd'hui. Est-ce qu'en restant chez nous j'aurais participé à la grande histoire du monde et de l'islam ? Je ne connais rien de plus exaltant. J'ai l'impression de vivre cent mille fois plus, par toutes les cellules de mon corps, en accomplissant une

---

1. « Gloire à Lui l'Élevé » (*N.d.É.*).

mission pour Allah *Soubhana wa ta'ala*, pour le monde, pour toute l'humanité, pour mes futurs enfants et aussi pour toi, mon papa chéri. J'aimerais tellement que tu sois ici avec nous ! Nous avons besoin de penseurs comme toi pour éclairer celles et ceux qui ne comprennent pas encore que le monde est en train de basculer.

Je t'embrasse très très fort ! À bientôt ! J'attends ta prochaine lettre avec impatience.

Ta petite Nour

7 avril 2014

Ma petite Nour chérie,

Je suis si heureux d'avoir enfin de tes nouvelles. Pourquoi ne me fais-tu pas parvenir tes lettres par le site sur lequel tu m'as demandé d'envoyer les miennes ? Je pourrais les lire et répondre aussitôt. Nous pourrions nous écrire tous les jours... Ils me manquent cruellement, nos échanges quotidiens ! Le matin, autour du petit déjeuner, en écoutant la radio, tu te rappelles comment nous nous moquions des langues de bois de nos politiques et refaisions le monde à notre façon ? Et le soir, comment nous nous racontions nos journées ? Parfois même, nous partagions quelques secrets, et comme deux collégiens nous éclations de rire.

Ta première lettre a mis trois semaines à me parvenir. La seconde, plus d'un mois. J'y réponds aussitôt par le site que tu m'as indiqué, mais les tiennes arrivent lentement. J'ai cru devenir fou, définitivement cette fois, pendant ce mois d'attente. J'ai imaginé chaque jour le pire : je te voyais mourir dans toutes les situations. Ce que tu endures est pour moi une torture sans fin.

Je te l'ai déjà écrit : je ne cesse de me renseigner sur ce qui se passe en Irak, sur la progression et sur les positions de Daesh, et particulièrement sur la situation à Falloujah. Mais je veux que notre amour soit plus fort que tout et je t'en supplie : reviens avec ton mari. Il est encore temps. S'il faut de l'argent, j'en trouverai. Vous pourrez soutenir votre groupe depuis ici si vous le voulez. Mais je t'en prie, pour ta mère, pour moi, pour Allah, rentre au plus vite ! Je vais mourir étouffé par l'inquiétude. J'ai déjà raté de nombreux cours à l'université : cela ne m'était jamais arrivé. Mon nouveau livre n'avance pas : je n'ai pas la tête à écrire, et je crois que j'ai beaucoup vieilli en deux mois. Pense à toi, mais pense à moi aussi ! Pardonne-moi de ne m'exprimer qu'en supplications, mais que reste-t-il à un père qui n'a que sa fille comme seule lumière sur terre ? Une fille partie au loin et qui risque sa vie ? Je me sais responsable de tout et ne sais comment réparer mes fautes.

Je broie des idées noires toute la journée. L'insomnie me harcèle la nuit. Quand enfin je m'assoupis, des cauchemars horribles m'assaillent et me déchirent l'âme. Comment tout cela a-t-il pu arriver ? Pourquoi n'ai-je rien vu venir ? Tu es devenue une femme alors que je croyais que tu étais encore une enfant. Je pensais que nous partagions tant de choses, et maintenant je doute de tout. Toutes ces années je me suis caché pour pleurer, pour que la petite fille puis l'adolescente que tu as été ne soit pas meurtrie par la détresse de son père, et que tu n'aies pas à revivre, à travers ma faiblesse, les douleurs de la mort de ta maman. Est-ce parce que j'ai noyé mon chagrin dans le travail ? Est-ce parce que j'ai, plus ou moins consciemment, cherché à faire revivre ta maman à travers toi ? Quand nos routes se sont-elles séparées ? Pourquoi ne m'as-tu pas parlé de tes désirs, de tes doutes ? De toutes ces certitudes aussi, dont tu fais état tout au long de ta lettre.

Te rappelles-tu nos joutes oratoires, quand nous partagions nos commentaires sur un livre que nous avions lu en commun ? Te souviens-tu de ce rituel ? Chacun défendait tour à tour le point de vue de l'autre. Mais depuis deux ans tes études ne t'ont plus laissé suffisamment de temps pour ces fabuleux échanges. Alors j'ai profité du moindre voyage en ta compagnie pour revivre un peu ces instants magiques. Ah ! je donnerais tout pour entendre à nouveau le son de ta voix, et ce rire saccadé et singulier qui est le tien ! Depuis que tu es partie, chaque matin j'ouvre la porte de ta chambre comme je l'ai fait tant de fois pour te réveiller. Je ferme les yeux au moment de poser ma main sur la poignée, et je prie Allah pour que tu sois là. Feindre, pour un instant, que tout cela ne soit qu'un cauchemar.

Ta photo est désormais dans toutes les pièces de la maison. Je veux pouvoir sentir ta présence. Te consacrer toutes mes pensées. Comme si ne pas penser un instant à toi constituait une trahison, une mise à mort. Comme si la puissance de ma pensée te maintenait en vie. Je ne sais même pas si tu es vivante à l'heure où je t'écris ! Alors, comme un vieux fou désespéré, je parle à chacune de tes photos : à la cuisine, sur la cheminée, à côté de l'ordinateur... Partout où il s'en trouve une, je sais que je peux te parler.

Mon seul réconfort est dans la prière. Dans les versets coraniques que je n'arrive plus à psalmodier sans trembler de tout mon être. Les sanglots qui accompagnent mon âme torturée sont les seuls témoins de ma foi. Je me reproche tout, et je demande pardon à Allah pour ma responsabilité dans ton départ, pour cet orgueil qui m'a aveuglé. Comment n'ai-je pas compris, avant que nos routes ne se séparent physiquement, qu'auparavant elles s'étaient déjà éloignées intellectuellement, moralement, affectivement ? Quels signes n'ai-je pas détectés ? J'ai passé en revue tous nos échanges depuis des mois… mais rien. Rien ! Je n'ai rien vu venir, rien pressenti.

Désormais, la folie me guette tel un vautour face à sa proie. Ma souffrance est telle que mes moments de lucidité s'amenuisent de jour en jour. Je n'ai pas d'autre argument à faire valoir que celui de la pitié. Aie pitié de ton père ! Ne l'oblige pas à s'humilier davantage ! Reviens, ma fille, reviens ! Il y va du salut de mon âme.

Comment te le dire autrement, mon amour ?

Je t'aime, je t'embrasse.

Papa

Falloujah, le 29 avril 2014

Mon cher papa,

Avant d'entrer véritablement dans le vif de cette lettre, il faut que je te transmette quelques consignes de sécurité qu'on nous impose désormais pour communiquer avec l'extérieur. Je pensais que notre site Oummadjihad.com était bien sécurisé et que moi seule avais accès à tes lettres. Mais nous avons été mis en garde. Les ennemis de l'islam sont partout et nous leur faisons tellement peur qu'ils déchaînent contre nous des moyens à la hauteur de leur haine. Je ne peux pas te téléphoner sans risquer que mon mari et moi soyons repérés par un satellite ennemi. Et tu sais combien les drones de nos ennemis sont puissants. Un jeune soldat américain, dans son Nevada lointain, aura tôt fait de nous tuer en massacrant nos voisins comme un dommage collatéral avec la seule sensation de s'exercer à un jeu vidéo. Il rentrera le soir chez lui, avec la tranquillité d'esprit de celui qui revient du bureau et qui a correctement accompli son travail, sans la conscience d'avoir mis fin à des vies à des milliers de kilomètres de chez lui.

C'est pourquoi, papa, il faut absolument que tu suives à la lettre les consignes pour nos échanges. Forcément, ils seront plus espacés. Chaque mois, mais à intervalle irrégulier pour ne pas éveiller les soupçons, celui qui te dépose mes lettres récupérera les tiennes. Il t'expliquera de vive voix comment procéder. J'ai bien compris, mon papa chéri, que dans tes lettres tu ne parlais pas de choses qui risqueraient de me mettre en danger. Je n'ai pas oublié nos nombreuses discussions sur la barbarie à l'œuvre en Syrie et en Irak. Tu pensais échanger avec ta fille qui pensait comme toi… mais nous évoluons toutes et tous différemment. À partir des mêmes valeurs – des valeurs, papa, que tu m'as inculquées –, nous avons pris des chemins différents. Tu penses que le Salut vient de la prière, de la méditation, de l'étude par la raison. C'est vrai que tu m'as appris à respecter autant les émotions que les postures intellectuelles. Par exemple à pratiquer la prière comme le *dhikr*, et à toujours faire preuve d'humilité dans nos questionnements comme dans nos réponses. À cela je ne crois plus car il est temps d'agir.

Tu es à l'image des peuples arabes, courbant la tête, dénonçant les injustices mais préférant la poésie à l'action, tes livres au glaive qui doit faire justice. Tu es complice de ces systèmes qui broient des femmes, des enfants, des hommes, des cultures et notre islam. L'hégémonie des peuples du Nord est telle que tu te réfères plus volontiers aux penseurs occidentaux qu'aux philosophes musulmans. Tu crois rechercher humblement la vérité du Coran, mais en réalité ta démarche n'est que le fruit de l'abandon à des idéaux importés. La vaine quête d'un lâche.

Je te parle durement, papa, mais si tu étais ici tu comprendrais la vacuité de ta vie de recherche intellectuelle, alors que des gens souffrent de la faim, du manque de liberté – la vraie, la liberté qui affranchit les humains en leur permettant de s'en remettre à Allah *Soubhana wa ta'ala*. Nos peuples ont bradé l'islam en échange de l'alcool et de toutes les illusions que leur offre l'Occident pour continuer à les exploiter. Je vais te raconter la réalité de ma vie à Falloujah.

Jour et nuit, on entend le bruit des combats. Des bombes tombent tout près de nous. Les cadavres des moudjahidines morts au combat sont enterrés par leurs amis et par des familles qui sont déchirés par la douleur. Heureusement, d'autres combattants se lèvent aussitôt. Parfois de jeunes enfants d'à peine dix ans, mais qui font la fierté de leur mère.

Je pourrais te raconter ma vie de femme épanouie. J'ai un bon mari : il est doux avec moi et dur avec les ennemis de l'islam. J'aime à penser parfois que je suis semblable à l'épouse du Prophète, *que la paix et la bénédiction soient sur lui*. Je dirige maintenant un groupe de femmes, et nous participons à la lutte, même si nous faisons cela sans sortir de nos maisons. Je vis à présent dans une grande villa qui appartenait auparavant à un dignitaire du régime impie. Sa tête a pourri plusieurs semaines en haut d'un mât à l'entrée de la ville.

En ces instants, je pense que tu ne reconnais plus ta fille. Sois certain que c'est bien moi. Ce que j'ai vu ici m'a endurcie. Je me rends compte de l'inutilité et du vide de ma vie d'avant. Tu croyais m'élever dans la liberté, mais tu ne faisais que reproduire un carcan dont tu es toi-même prisonnier. Tu croyais faire de moi un être conscient, mais tu m'as murée dans l'aveuglement. Tu croyais que j'allais changer le monde en méditant sur son devenir, mais je n'étais qu'une larve effrayée, esclave de son apparence et du regard des autres.

Ton monde n'est fait que d'impostures : la vraie vie n'est pas là. Et la vraie mort non plus ! Les pays arabes se sont englués dans les chimères du nationalisme, du socialisme ou de l'occidentalisation à outrance. Pour quel résultat ? La décadence, la pauvreté, l'esclavage. Pendant ce temps, l'Occident gavé de notre sang volait de victoire en victoire. Hier, tu t'amusais de mes jeans. Tu croyais que la mode occidentale était pour ta fille synonyme de liberté. Je porte aujourd'hui notre habit traditionnel, qui abolit les appartenances sociales et nous affranchit du regard des hommes. Oui, ta fille est belle, mais seul son mari le sait. Elle aurait été laide, elle aurait eu la même vie sociale et la même vie de femme. Une égalité aux yeux d'Allah *Soubhana wa ta'ala* qui fait fi des différences et nous élève vers Lui. Toutes les femmes qui m'entourent sont désormais comblées. Quel affranchi voudrait retourner à son état d'esclave ? Qu'est-ce que nos pays ont à nous offrir ? J'ai choisi le chemin de la liberté, celui qui mène au Paradis.

Nous sommes en train de créer la cité idéale où chacun pourra déployer ses ailes dans la soumission à Allah *Soubhana wa ta'ala*. Papa, il est encore temps : si je t'ai parlé durement, c'est pour que tu réagisses enfin, que tu prennes conscience de la chance qui s'offre à tous ceux qui nous rejoignent. Papa, viens ! Ici tu trouveras ton Salut. Je t'aime, mon papa, mais je n'abandonnerai pas l'avenir qui se construit ici contre un passé dont j'ai enfin compris combien il m'étouffait.

Beaucoup d'autres l'ont aussi compris. Il y a ici des frères et des sœurs qui viennent de tous les pays du monde. L'amour et la solidarité qui nous relient toutes et tous sont enivrants. Cela peut te paraître étonnant que j'emploie cet adjectif, mais c'est vraiment celui qui convient. Nous sommes ivres de l'amour d'Allah *Soubhana wa ta'ala*. Il nous couvre de Sa grâce. Nous constituons une immense famille : que l'on vive ou que l'on meure, peu importe. Nous sommes dans la Voie d'Allah *Soubhana wa ta'ala* et nous ne la quitterons plus.

Viens, papa chéri, rejoins-nous, je t'en supplie. Moi aussi je suis prête à m'humilier pour que tu sois sauvé. Écris ta lettre, mais sache que celui qui la prendra pour me la remettre a aussi pour mission de t'emmener quand tu l'auras décidé. Une chose importante : exprime-toi librement dans ton courrier. Désormais, plus personne en dehors de moi ne le lira.

Je t'aime si fort, mon papa, mais je t'en conjure, ne me déçois pas. Ici est notre destin. Si tu viens, c'est ici que nous retrouverons maman, incha'Allah !

Ta fille, Nour, qui t'attend impatiemment.

30 juin 2014

Ma petite Nour chérie,

Je te remercie beaucoup pour ta nouvelle lettre. Je ne suis plus que l'ombre de moi-même. C'est un spectre qui t'écrit. Ma vie est détruite par tout ce que tu vis et que tu me racontes. Tes amis ont fait des émules ici même. Parmi la population, l'administration, la classe politique. Mes travaux sont de plus en plus critiqués ouvertement. On m'agressait verbalement dans certaines de mes conférences, mais je m'y étais habitué. Avant-hier, deux journaux proches des milieux islamistes ont cité mon nom en me décrivant comme un hypocrite, un *kāfir*, un apostat. Moi qui passe tant de temps en prière, en étude du Coran, je deviens un ennemi à abattre. Mon crime, tu le connais : chercher la vérité sur notre religion est devenu un sacrilège. Le peuple et le pouvoir préfèrent répéter les mêmes erreurs sur l'islam plutôt que de s'interroger sur sa vraie nature. Quand j'envisage que le Coran ne soit pas à proprement parler la parole pure d'Allah, sa dictée, mais la trace de son message, je rends pourtant hommage à sa grandeur ! Qui peut croire qu'on puisse enfermer l'infinité du message divin dans un livre mal compris parce que trop humain ? Je n'affirme rien : je cherche, j'émets des hypothèses. Ils ont peur de l'enfer, mais les croyants devraient d'abord avoir peur de leurs certitudes ! On ne peut pas se contenter de croire à ce qu'Untel vous a dit sur l'islam ou à ce qu'on a lu sans l'interroger plus avant. Mais la recherche soulève cent mille fois plus de nouvelles questions qu'elle n'apporte de réponses.

C'est cela qui leur fait peur. Et qui vous effraie aussi, vous les djihadistes. Des questions vous font peur ? Mais si vous craignez Allah, alors craignez de vous tromper dans vos convictions et cherchez humblement. Allah ne vous le reprochera pas, au contraire. Le Coran l'énonce clairement quand il dit qu'Allah aplanira le chemin vers le Paradis de ceux qui cherchent. Notre mission en tant qu'humains n'est pas de trouver des réponses, mais de chercher. Les musulmans sont appelés à être d'humbles chercheurs, et pas des ânes qui ânonneraient sans cesse des histoires abracadabrantes. Tu le sais bien, ma petite Nour : le contraire de la connaissance, ce n'est pas l'ignorance mais les certitudes. Ces certitudes qui vous mènent aujourd'hui tout droit en enfer.

Ma première lettre était une bouteille jetée à la mer. Elle m'a valu de nombreuses visites des services de sécurité. Ils me croyaient complice de ton départ ! Ce n'était pas ma première convocation dans les bureaux de la Sûreté, mais jusque-là on s'était contenté de m'effrayer à propos de mes recherches religieuses. Cette fois, on a voulu me faire parler... de toi, de la filière qui t'a permis de quitter le pays et de rejoindre Daesh. Ils ont même pensé que mes écrits, tellement critiqués pour leur supposé « progressisme », n'étaient qu'une couverture.

Quelle situation ubuesque ! Moi qui ne sais plus comment obtenir qu'Allah, par Sa grâce, me rende enfin ma fille chérie, je suis soupçonné de l'avoir encouragée à partir et même d'avoir organisé son exfiltration ! Ils m'ont libéré au bout de dix jours, mais j'y ai perdu l'usage provisoire d'un œil, une surdité relative à l'oreille droite, et deux doigts de ma main gauche sont comme morts. Je ne comprends pas l'attrait des militaires pour les jouets électriques et les hurlements de leurs victimes. À cinquante-six ans, alors que mon corps subissait les chocs électriques, je me suis entendu appeler ma mère – ta grand-mère – et je me suis pissé dessus comme un gosse. J'ai perdu, je crois, toute dignité.

À peine rentré, j'ai appris que le ministère des Cultes envisageait de me faire traduire en justice pour apostasie. Il n'y a que les collègues de l'université qui me soutiennent encore. Et au milieu de ce désastre, je reçois ta lettre pleine de mépris et de haine pour ton père.

Comment aurais-je pu soupçonner que tu partirais rejoindre ces monstres et que tu serais fière de participer à leur barbarie ? Toi et moi, nous étions tout l'opposé de cela. Comment as-tu pu te précipiter dans cette fange ? Toi, si intelligente, à l'esprit critique aiguisé, et, surtout, forte de nos discussions au sujet des événements en Irak et en Syrie !

Si je t'ai écrit que je me suis renseigné sur la situation là-bas, comme si je la découvrais, c'était pour t'éviter des ennuis avec tes nouveaux amis. On dit qu'ils exécutent ceux d'entre vous dont les familles critiquent leur engagement. Mais toi et moi, nous la connaissions bien cette situation pour en avoir parlé cent fois. Comment a-t-elle pu te fasciner à ce point ? Et comment n'ai-je pas décelé un signe dans les réticences que tu manifestais parfois face à mes arguments ? Tu as raison au moins sur un point : à quoi servent mon savoir, ma foi, ma raison, ma sagesse, mes prières et mon amour pour toi si, au lieu d'éveiller le monde, je n'arrive même pas à arracher ma propre fille aux griffes du mal ? Un mal dans lequel tu t'es jetée corps et âme et dont tu te réclames avec force et conviction.

Sans doute ai-je péché par orgueil. Sans doute ai-je cru que le malheur ne pouvait toucher que ceux qui ne sont pas cultivés, qui ne réfléchissent pas ou qui n'ont pas toujours manifesté de l'amour pour leurs frères et sœurs humains et pour leurs propres enfants. Je me croyais à l'abri ; je nous croyais à l'abri.

Mais, bon sang ! la réalité de Daesh tu la connaissais avant de partir. Pourquoi me servir ce monceau de balivernes ? La cité idéale, le vrai Islam, l'enthousiasme des populations : des conneries tout ça, oui ! Tu me dis que tu ne sors pas de chez toi ou si peu... Tu veux que je te rappelle la réalité de ton Daesh ? Les massacres, les viols, les petites filles vendues comme esclaves sexuelles, l'exécution des Yézidis, la persécution des chrétiens, le meurtre des homosexuels, des buveurs d'alcool, et de celles qui refusent de porter ce voile complet dont tu es si fière désormais. Hier, le califat a été proclamé chez vous. Le « calife Ibrahim, successeur du Prophète »... Quelle mascarade !

Quant à Falloujah... la civilisation mésopotamienne y est née, mais elle sera votre cercueil. De la « ville aux deux cents mosquées », que reste-t-il ? Quelques minarets faméliques, criblés de balles... Est-ce cela ta cité radieuse où résonnent les rires des enfants ? Tes amis djihadistes ont commencé par y exécuter tous les fonctionnaires, même ceux qui passaient simplement le balai dans les rues. Et eux, aujourd'hui, leurs poches se remplissent des billets qu'ils ont pillés dans les banques ou qu'ils extorquent à la population civile...

Moi aussi, ma fille chérie, je te demande pardon de te parler avec tant de sévérité. Mais je souffre tellement. Reviens-moi vite ! Ouvre les yeux sur la réalité, affronte l'horreur en face pour mieux la rejeter !

Je serai toujours là pour toi. Reviens-moi vite !

Quelles que soient tes convictions, je t'accueillerai les bras ouverts. Et tu réaliseras le plus grand des miracles : celui de rendre le sourire et l'apaisement du cœur à un vieil homme brisé.

Papa

Falloujah, le 17 juillet 2014

Mon petit papa chéri,

J'ai beaucoup pleuré en lisant ta lettre. Je me rends compte à quel point tu es tout pour moi. Je ne peux pas supporter les humiliations et les souffrances qu'on te fait subir. J'ai besoin d'être près de toi, papa, de recevoir ton souffle sur mon visage, de sentir ta main apaisante passer dans mes cheveux. En devenant une femme, je croyais pouvoir m'affranchir de l'amour de mon père : eh bien, je ne peux pas, papa ! Tu es loin de moi, tu es éprouvé dans ton corps et dans ton cœur, dans ta dignité aussi. Je ne le supporte pas, papa, je veux être à tes côtés.

Mais je ne peux pas partir d'ici, abandonner tous ces gens qui comptent sur nous. Car cette réalité, malheureusement, tu ne la vois pas. Tu me parles des supposés meurtres perpétrés par l'État islamique. Tu ne peux rien comprendre de si loin, tu parles comme les médias occidentaux. Mais crois-tu qu'on ait pris Mossoul le mois dernier avec de la haine ? Certes, il y a eu des combats, mais ce sont d'abord les cœurs que nous avons conquis. Et comment peux-tu vouloir me donner des leçons à propos de Falloujah ? Tout le monde se souvient ici de cet avion américain qui, en 1991, a lâché une bombe en plein marché… Tu parles de massacres ? Mille quatre cents morts pour une seule bombe américaine ! Des femmes qui faisaient simplement leurs courses, avec leurs enfants en bas âge qui les accompagnaient…

On n'a pas oublié non plus ici le siège américain de 2004. Tu parles de la « ville aux deux cents mosquées », mais tes amis yankees en avaient déjà détruit à l'époque plus de soixante ! Sans compter toutes les maisons pulvérisées par les pilonnages de l'artillerie américaine et ses bombardements : plus de six mille habitants assassinés ! Mais le pire était encore à venir. Les hordes de miséreux qui erraient à l'époque dans les décombres ne pouvaient pas savoir qu'ils auraient à payer les conséquences infamantes de ces tueries plus de dix ans après.

Que peut ta philosophie pour eux, papa ? Viens nous rejoindre, au moins pour te rendre compte. Pour mettre tes certitudes à l'épreuve, toi qui aimes tant le doute et qui as toujours préféré les questions aux réponses. Viens donc leur poser tes questions sur la vie ; éveille-les à l'existentialisme, au structuralisme, au scepticisme peut-être même. Je suis certaine qu'ils en raffoleraient ! Et explique-leur bien ce qu'est le relativisme culturel. Parle-leur de tes doutes sur l'authenticité de tel ou tel verset du Coran, de l'anthropologie du texte coranique et de sa structure sous-jacente. Et surtout, explique-leur bien le sens de la vie. Le sens de leur vie ! N'hésite pas, pour cela, à convoquer les grands ancêtres : Al-Kindi, Ibn Rushd, Al-Farabi, ou encore Ibn ʿArabī. « Al-Cheikh al-Akbar » a sans doute puisé des lumières dans son *dhikr* pour éclairer les enfants de Falloujah…

Tu te montres circonspect, semble-t-il, sur le fait que je veuille redonner le sourire à des gamins aux membres brisés, arrachés, et au regard toujours triste. Tu rêves de philosophie libératrice, mais tu craches au visage de ceux qui risquent leur vie tous les jours pour défendre leur foi et leurs semblables !

Sais-tu qu'avant l'arrivée de nos troupes ici chacun vivait dans la peur de l'arbitraire et des humiliations perpétrées par l'administration chiite ? Chacun était esclave du bon vouloir de fonctionnaires zélés et gras qui se gavaient des dollars de la corruption. Tu ricanes à l'évocation du Califat… Mais le Calife a créé des provinces, nommé des gouverneurs. Et même des juges incorruptibles et sages qui rendent la justice au nom d'Allah *Soubhana wa ta'ala*. Une administration digne de ce nom cette fois, et qui fonctionne, avec en prime l'interdiction de la drogue et de l'alcool, des tenues décentes pour toutes et tous. Oh ! bien sûr, tout n'est pas parfait. Mais au lieu de pleurer sur les dévoyés qui ont subi la justice d'Allah *Soubhana wa ta'ala* et d'écouter sans aucune distance critique les médias occidentaux, pourquoi – j'insiste, papa –, pourquoi ne viens-tu pas ici ? Prouve que tu m'aimes vraiment, que tes convictions ne sont pas le fruit de ces certitudes que tu détestes tant. Viens découvrir *de visu* la réalité du monde, et mettre à l'épreuve ton autorité d'universitaire étouffé par ses livres et sa suffisance.

Tu pourrais alors voir par toi-même le vrai visage du Califat, celui de la grandeur d'Allah. La sauvagerie de l'État islamique est un fantasme. Tu as peur du loup, papa ? Écoute plutôt cela : les sunnites sont enfin libres. Leur seule contrainte et leur seule loi sont celles d'Allah *Soubhana wa ta'ala*. Elle s'impose à nous toutes et tous de la même façon, en toute égalité. Ici, à Falloujah, nous sommes en pleine guerre, mais partout ailleurs, dans l'État islamique, les attentats ont disparu, les rues sont sécurisées et un impôt juste a remplacé la mafia chiite de Bagdad. Même les chrétiens nous font confiance. Aucune église n'a été souillée.

Surtout, Allah nous fortifie par les épreuves qu'il nous envoie. Des hélicoptères nous criblent de projectiles explosifs, l'artillerie d'Al Maliki nous pilonne sans cesse, on nous coupe l'eau, l'air dans la ville est souvent irrespirable à cause des fumées provoquées par les milliers de bombes que nous recevons chaque jour. Mais nous progressons partout. Et dans tout le Califat les rues sont nettoyées, les populations sont ravitaillées et les commerçants disposent de produits de première nécessité vendus à des prix très bas. Et on ne signale aucun pillage. Les biens de chacun sont respectés.

J'ai grandi très vite ici, papa. Trop vite peut-être. Je vis des moments vraiment exaltants comme je te l'ai déjà dit. Mais, parallèlement à cet enthousiasme, j'ai le sentiment que quelque chose meurt en moi. Probablement cette part d'innocence que la réalité a définitivement éteinte. J'ai besoin de toi, papa, pour affronter tout ça. Pour survivre à tout cela ; pour être ta petite fille chérie qui ne sera jamais plus une petite fille. Viens, je t'en supplie ! Je te rappelle que le porteur de ma lettre n'attend qu'un mot de toi pour te permettre de me rejoindre ici.

Je t'embrasse très très fort, mon petit papa chéri. Je te fais beaucoup de mal… je le sais. C'est une douleur supplémentaire qui s'ajoute à toutes celles dont je suis témoin. Retrouvons-nous ! Je t'en supplie : retrouvons-nous très vite.

Ta Nour

23 août 2014

Nour, ma petite fille chérie
qui n'est plus une petite fille,

Je t'aime, je t'aime, je t'aime. Laissons nos ego et nos arguments, et n'écoutons que notre cœur. Pour un homme attaché comme moi à la raison, il est difficile de t'écrire cela, mais il le faut. N'écoutons pas nos raisons ! La tienne te chante les louanges d'un État islamique pourvoyeur de bonheur et de sérénité pour les peuples. La mienne me parle d'exécutions de masse, de tortures, de décapitations, de petites filles violées, de femmes lapidées, vendues en tant qu'esclaves sexuelles sur les marchés et qu'on négocie tel du bétail ; d'enfants de djihadistes qui abattent des hommes et des femmes à bout portant, d'opposants crucifiés ou enterrés vivants, d'homosexuels jetés du haut des immeubles, du rétablissement du statut de *dhimmi* et de l'esclavage, de minorités systématiquement éliminées ou spoliées : Yézidis, Shabaks, Turkmènes, chiites et chrétiens. De destructions et de pillage des œuvres d'art et des bibliothèques qui ont fait la richesse de nos peuples. Des jeunes déficients mentaux sont envoyés pour mourir comme des kamikazes…

Là où flotte la bannière noire, c'est le règne de la terreur qui domine, pas celui de la lumière d'Allah, ma petite Nour. Que reste-t-il de la religion du Livre chez ces barbares ignorants et cyniques ? Rien. Les pires ennemis de l'islam, ce sont eux. Leurs principales victimes ne sont-elles pas d'autres musulmans ? Ils croient connaître l'islam ; ils ont même créé un conseil de *shoura*. Pour quels résultats ? On a le droit de se marier avec des gamines de neuf ans parce que notre Prophète l'aurait fait ? Belle logique, belle compréhension des textes, et quelle connaissance fine de l'histoire ! Un glorieux tableau de notre religion, à offrir en pâture à tous ceux qui ne voient en elle que barbarie, arriération et ignorance !

Nour, ma pauvre Nour, aujourd'hui, nous sommes, toi comme moi, les victimes de la barbarie. Tu la connais par cœur, ma théorie de la barbarie, n'est-ce pas ? Nous en avons parlé si souvent, car tous les actes de terrorisme et la barbarie nazie te révulsaient. Tu ne pouvais pas comprendre que l'on puisse être un monstre, et tu avais bien du mal à accepter l'idée que le monstre ne soit pas radicalement un autre, une catégorie de gens à part, mais une partie de nous-même que nous laissons s'exprimer ou non. Tu avais peur du monstre en toi. Je te disais que c'était la meilleure façon de le combattre. Accepter son existence en soi, rester éveillé, sans cesse, pour qu'il ne s'exprime pas…

Maintenant que tu vis au milieu des monstres et que tu en as même épousé un, que t'inspirent ceux-ci ? Qu'éprouves-tu quand ton époux rentre harassé le soir, après une dure journée de labeur où il a fait exécuter ou a tué de ses propres mains femmes et enfants, en invoquant, bien entendu, une *fatwa* de son conseil de *shoura* ? Ce sont des doigts velus et crochus qui parcourent ta peau ? Une haleine fétide qui précède ses baisers ? Probablement pas. Et pourtant… Ses idées nauséabondes ne suffisent-elles pas à générer en toi les spasmes du dégoût et de l'horreur ? Quand il s'avance vers toi, avide de ton corps, ne vois-tu dans ses yeux les femmes dont il a tu le regard maternel à jamais ? Et dans le sang qui bat dans son sexe, n'entends-tu pas les pleurs des enfants dont il a éteint les rires et les chants innocents ?

Sors-toi de ce cauchemar, Nour ! Sors-toi de ce piège ! Quitte ce mensonge et vomis à jamais le monstre qui te souille chaque soir, cela avant que le monstre qui sommeille en toi n'ait définitivement pris le dessus sur ton esprit et sur ton cœur, et n'ait volé ton âme. Ces êtres sont différents de toi. Ils sont méprisables : intellectuellement, spirituellement, religieusement. Sont-ils capables de tendresse ? Ont-ils de l'humour sur eux-mêmes ? Peuvent-ils pleurer à l'écoute d'un poème ou en regardant une œuvre d'art d'une autre culture que la leur ?

Ils sont un danger pour toi car ils peuvent te détruire à tout instant. Ils ne respectent rien de ce que tu es profondément. Rien des valeurs que tu incarnes aux yeux du monde qu'Allah a créé : la beauté, la bonté, la douceur, la délicatesse, l'amour, la bienveillance, l'empathie…

Ils substituent à tout la barbarie, celle de leurs frustrations accumulées. Ils sont habités par la peur de la réalité, de la vérité, et par la sacralisation bigote d'un divin qu'ils ne respectent même pas. Dans leur bouche, *Allahou akbar* n'est plus qu'un cri de guerre répugnant. Nos symboles les plus élémentaires sont bafoués par leur ignorance.

« *Allahou akbar* », « Allah est plus grand ! », est un formidable cri d'amour et d'humilité. Quoi que l'on pense, quoi que l'on dise, quoi que l'on fasse : *Allahou akbar*, Allah est plus grand que nous. Il est toujours au-delà, au-dessus, inatteignable dans son esprit, dans ses intentions comme dans ses actions. Mais de cet appel à l'humilité, vous avez fait un hurlement de haine, de suffisance, d'orgueil imbécile et ignoble. Quelle caricature ! La haine est la colère des lâches. Je m'applique à la combattre d'abord en moi-même, mais depuis ton départ, ça n'est pas facile. Non, pas facile pour moi…

Voilà votre drame et le nôtre. Mais je ne veux pas parler davantage de ces arguments et des tiens : je t'invite à quitter notre raison pour nous retrouver, comme dans le passé, unis par nos cœurs. Te souviens-tu comment tonton Daoud nous faisait rire avec ses histoires de Djeha ? Autour du feu, nous passions des heures à le regarder interpréter mille de ces contes jubilatoires. Ils prenaient avec lui des tournures épiques. Nous tremblions avec lui, hurlions de rire avec lui, pleurions aussi parfois. Ensuite, le feu éteint, au milieu de ce nulle part où il habitait avec tante Djamila, nous contemplions les étoiles. Tu te blottissais contre moi et nous parlions des heures durant du langage des astres, des sagesses de Djeha, des facéties de tonton Daoud. Et nous réécrivions l'histoire du monde, toujours composée de légendes et de réalité, de mauvaise foi et de vérité, de bêtise et d'intelligence, d'égoïsme et de générosité, de lâcheté et de grandeur.

Et nous étions heureux…

Je t'embrasse très fort, ma Nour. Je t'en supplie de toutes mes dernières forces : reviens-moi ! Reviens au monde, mes bras seront toujours là pour toi. Pour accueillir tes joies et tes peines. Tes certitudes et tes doutes. Tes victoires et tes erreurs. Avec le même amour.

Papa

Falloujah, le 10 novembre 2014

Mon petit papa chéri,

Tu t'inquiétais dans ta dernière lettre du monstre qui sommeillait en moi. Eh bien, le monstre est sorti de mon corps, il a crié et je l'ai pris dans mes bras. C'est une fille, papa ! Elle s'appelle « Jihad », eh oui… Elle a de grands yeux noirs. Quand elle me regarde, on dirait qu'elle lit en moi. Elle est née le 15 octobre. Elle te plairait tellement ! J'ai hâte que tu la connaisses. Mon mari est l'homme le plus heureux du monde !

Avec la bataille de Sinjar et les tracasseries que nous causent les croisés, je n'ai pas pu te faire parvenir de lettre et j'ai réécrit celle-ci plusieurs fois. D'abord pour t'annoncer que j'étais enceinte : je m'en suis rendu compte finalement assez tard. Je te parlais de mon ventre devenu rond, puis je t'ai écrit les premiers coups de pied au creux de mes entrailles. Cette impression déroutante de la vie qui grandissait en moi. Et puis, le temps passant, j'ai accouché avant d'avoir pu t'envoyer la moindre lettre. Et voilà que je suis devenue une maman et toi un papy… Jihad est tellement merveilleuse !

Cette chose étonnante qui s'accroche à mon sein quand elle tète, c'est un petit être humain si beau, si tendre. Et tellement porteur d'espoir ! La chaleur et la douceur de sa peau, sa respiration rapide, les battements accélérés de son cœur… Je m'émerveille de chaque instant passé avec elle, et chacun de ses pleurs me déchire l'âme. Je ne peux plus imaginer mon existence sans elle. Je suis elle, et elle est moi.

J'ai souvent relu ta dernière lettre. Relu les précédentes aussi. Nous sommes dans une belle impasse : toi qui récites ton chapelet d'horreurs, moi qui m'évertue à t'ouvrir les yeux sur une réalité que tu refuses de voir. À quoi bon ? Tu as raison, ton évocation de tonton Daoud et de tata Djamila m'a encore fait rire. Les reverrai-je un jour ? Connaîtront-ils ma petite Jihad ? Mais ce que tu dis de mon mari et les mots crus et choquants que tu as employés pour évoquer ma vie intime m'ont fait rougir de honte. D'autant que mon mari est un très bon père qui joue avec sa fille et sait s'émerveiller lui aussi en la regardant vivre. Mais j'ai fini par en rire : j'y ai vu toute ta désespérance et la faiblesse de ta position. J'en ai mesuré l'étroitesse. Pour la première fois de ma vie, je t'ai méprisé, papa, parce que tu t'es rendu méprisable. Toi si fort, si beau dans tes sentiments et leur expression d'ordinaire... Tes propos orduriers traduisent tout ton mal. Tu n'es plus que l'ombre de toi-même. Le brillant universitaire nourri de raison et de spiritualité ne trouve plus les mots pour convaincre sa fille... Il ne lui reste que la harangue pathétique, celle du pantin dont les fils cassent un à un, dont les gestes deviennent désordonnés et dont la pensée se répand comme une flaque, au gré des aspérités.

Je te dois pourtant la vérité, papa. Avant la naissance de ma fille et depuis lors surtout, j'ai donc relu à plusieurs reprises tes lettres, surtout la dernière.

Mon premier sentiment a été celui de la colère, puis est venu le temps du mépris à ton égard. Mais quelque chose a changé depuis la naissance de ma fille. Je ne saurais pas encore définir ce sentiment. Mais j'ai donné la vie, je suis attachée à la vie de ce petit être, et j'ai l'impression, je ne sais pas, qu'elle incarne à elle seule toute la puissance et la fragilité de la vie.

J'ai hâte de te lire, papa. J'en étais même arrivée à oublier les humiliations que tu as subies et toutes ces injustices que te fait vivre le pouvoir. Écris-moi vite car tout devient compliqué avec le courrier.

Je t'embrasse, mon papa chéri. Je vis désormais pour Jihad. Elle est mon bonheur et ma raison d'exister.

> Ta petite Nour que sa petite Jihad
> a rendue à l'humanité.

2 février 2015

Nour chérie,

Ta lettre m'a rendu extrêmement heureux. Imaginer ma petite Nour dont hier encore je tenais la main pour traverser la rue, et qui serrait la mienne pour échapper à toutes ses peurs. Imaginer que ma petite Nour est aujourd'hui une maman ! Je suis le plus heureux des hommes moi aussi. Et le plus triste en même temps car le monde va mal et vous êtes loin de moi. Les attentats islamistes se multiplient sur la planète, les représailles aveugles également. Les dommages collatéraux des attaques des Occidentaux sont légion. Les drones sèment la mort à toute heure. Le monde arabe se déchire partout. La terre d'islam implose à chaque instant. Des innocents meurent sur toute la surface de la Terre. Aux calamités auxquelles on ne doit jamais s'habituer, à la malnutrition, aux maladies, aux séismes, s'ajoutent les meurtres de masse. Des dictateurs cruels martyrisent leur peuple. Les démocraties occidentales en déshérence soutiennent les meurtriers du Sud pour servir leur économie et maintenir leur hégémonie. Les grands discours qui autrefois soulevaient des élans de générosité et d'intelligence ne charrient plus aujourd'hui que des torrents d'hypocrisie. Je suis fatigué, ma petite Nour. Ma « petite Nour » qui n'est plus petite et qui a désormais une petite. Je ris et je souffre de penser à toi.

Que nous arrive-t-il donc à nous toutes et à nous tous ? Les valeurs universelles, qu'elles soient portées par la foi des croyants ou par l'humanisme athée, ces valeurs résonnent dans un monde sans espoir, sans horizon. Un monde qui avance à marche forcée et tête baissée vers sa propre destruction. Nous immolons l'humain à nos désirs totalitaires, et nous sacrifions notre planète à notre appétit consumériste sans limites. Jamais les plus riches n'auront été aussi riches. Jamais nous n'aurons été autant capables de rendre toute la population de la Terre heureuse, et jamais nous n'avons martyrisé autant d'humains !

Tu me parles du mépris que tu as ressenti à mon égard. Je te parlerai seulement de l'amour que je te porte, à toi et désormais à la petite Jihad. Je ne te dirai pas combien ce prénom concentre de vertus essentielles car, malheureusement, je sais que si vous l'avez prénommée ainsi, c'est pour servir la caricature du mot *jihad* qu'incarnent les actes monstrueux perpétrés par des islamistes, ces musulmans d'opérette et de barbarie. Dois-je te rappeler une fois encore les décapitations d'opposants et d'otages ? Toi qui vas sur Internet, tu ne vois donc pas les vidéos de propagande de Daesh ? Ces exécutions de centaines de prisonniers par des enfants ? Toutes ces monstruosités ? Comment peux-tu dire que j'invente alors que vos propres vidéos vantent vos ignobles exploits sur la Toile ? Daesh ment aussi ! Ouvre les yeux, je t'en supplie.

Oui, j'aurais tant voulu être là quand cette petite Jihad est venue au monde. Sentir ses petits doigts serrer les miens, comme le faisait sa maman – toi – au même âge. M'enthousiasmer pour son premier sourire. Souffrir pour elle et m'extasier de sa première dent. Mais la connaîtrai-je un jour ? Je t'écris avec difficulté et douloureusement depuis l'hôpital. Il y a dix jours, Allah a eu pitié de son piètre serviteur. Tu as dû te réjouir, comme toutes les brutes ignares que tu as désormais pour frères et sœurs, de l'attentat perpétré en France contre le journal *Charlie Hebdo* et contre un commerce casher. Malheureusement, nos frères juifs sont des habitués des exactions perpétrées par des musulmans. Je leur témoigne toute mon affection et mon respect, ce qui ne m'empêche pas de défendre ardemment les droits du peuple palestinien.

Tu sais les nombreux articles que j'ai consacrés à la dénonciation de l'antisémitisme. Or, ce ne sont pas ces articles-là qui ont failli causer ma mort, mais celui que j'ai réussi à faire publier dans une modeste revue intellectuelle. J'y défendais la liberté d'expression et le travail acharné des journalistes et caricaturistes de *Charlie Hebdo* pour faire vivre la démocratie, la justice et l'humanisme. Ces hommes et femmes de presse se sont contentés de dénoncer les dérives barbares de quelques-uns des nôtres. Mais, à la manière du peuple de Moïse fasciné par le Veau d'or, les masses musulmanes se sont précipitées sur les fausses rumeurs et les désinformations comme si elles valaient vérité. Elles se sont senties humiliées par les supposés grands blasphémateurs. Beaucoup se sont félicités de la mort de ces « impies ». Quel tragique et pitoyable spectacle.

Il jette encore une fois l'opprobre sur nos communautés musulmanes ! Chacun a pu y aller de sa hargne, de sa bêtise, de son ignorance, de sa lâcheté.

Il y a dix jours, au sein même de l'université, j'ai été violemment agressé par un groupe d'étudiants. Il y avait déjà eu des propos agressifs, parfois même des collègues ont écrit des choses affreuses sur moi. Mais on pouvait considérer que l'on était encore dans un débat intellectuel. Pas cette fois-ci : ils se sont jetés sur moi en hurlant « *Allahou akbar !* », et « Mort au *mounāfiq* ! », « Mort à l'hypocrite ! ». J'ai entendu pêle-mêle crier : « Charlie Hebdo », « blasphème », « traître », « vendu à l'Occident »…

Alors que j'étais à terre, j'ai reçu des coups de pied au visage, nombreux, violents. Ils m'ont piétiné avec hargne et j'ai perdu connaissance. La suite, les collègues enseignants – qui m'ont sauvé la vie – me l'ont racontée. Je baignais, paraît-il, dans une mare de sang et n'étais pas transportable en l'état. On m'a transfusé sur place grâce au don d'une enseignante. Au-delà de la douleur due à mes blessures, ce qui m'a fait le plus mal, c'est d'apprendre le nom de celui qui menait le groupe. Je ne l'avais pas distingué parmi mes assaillants. C'était Mounir, Mounir Dafqi. Tu te rappelles de lui ?

Il venait souvent chez nous, à la maison. Un étudiant brillant, passionné par la philosophie. J'avais même un temps envisagé qu'il puisse prendre un jour ma suite. Et toi, tu étais encore adolescente, mais tu t'étais amourachée de lui, de ce Mounir

Dafqi. Il a brusquement interrompu ses études avant de disparaître totalement. J'en ai éprouvé beaucoup de souffrance, car je m'étais attaché à lui. Je reconnaissais en lui le jeune étudiant que j'avais été. Lui qui était alors assailli par des questions existentielles ne doute plus de rien aujourd'hui. Il a trouvé la réponse à toutes ses questions. Tout se trouve dans le Coran, paraît-il. Le brillant étudiant s'est transformé en imam de pacotille, vomissant sa haine de la raison devant des parterres de jeunes sans cervelle. Qui se ressemble s'assemble.

Je ne sais pas si j'aurai la force d'en rire cette fois encore. Je suis même incapable de manger en ce moment. On me nourrit par sonde, car ma mâchoire reste trop douloureuse. Mais je rirai à nouveau un jour. Le rire est la plus belle des subversions, la meilleure réponse à la barbarie. C'est le remède contre la peur. Tu peux me tuer, mais tu ne pourras tuer mon rire. Il me survivra dans le souvenir des gens qui m'ont connu, car je pourrais rire même devant mon peloton d'exécution… par défi, par liberté, par amour d'Allah qui m'a rendu heureux toute ma vie. Le rire est la survie des damnés. Les juifs, qui ont été maltraités depuis plus de deux mille ans, ont réussi à produire le plus riche des humours du monde. L'absence d'humour : voilà le grand handicap des islamistes ! Il leur manque la culture, l'humour et la tendresse. Quant à imaginer qu'ils puissent être capables d'autodérision… Ils ne rient que des autres, avec mépris. Mais sortir du tragique par le comique, en aurai-je encore moi-même la force ?

Je te quitte, ma Nour chérie. Je dois me reposer et je tâcherai de te faire parvenir ma lettre par la procédure habituelle.

P.-S. – Je ne voulais pas t'en parler pour ne pas attiser ta colère envers moi, mais je le fais quand même finalement. Le 16 décembre dernier, un massacre a eu lieu à Falloujah, ta ville dont tu penses qu'elle n'est martyrisée que par les Américains. C'est le ministère irakien qui l'a annoncé, mais l'information a été confirmée par des témoignages concordants. Je sais hélas qu'une fois de plus tu vas rejeter ces sources d'information...

Dans l'une de tes précédentes lettres – ces lettres que je relis très souvent en en soupesant chaque mot –, tu m'as appelé à ouvrir les yeux sur la réalité de ton État islamique, que je continuerai à appeler Daesh car il n'a rang d'État que dans le délire de ses fondateurs. Je t'appelle une fois encore à ouvrir toi aussi les yeux sur cette réalité et sur ses supposés fondements islamiques. À quoi bon t'appeler à relire nos sources religieuses, et surtout le Coran, pour démontrer la trahison profonde de notre religion par Daesh ?

Je te demande seulement d'aller toi aussi à la rencontre des habitants de Falloujah. Ne mets personne en danger par les confidences qui te seraient faites, mais écoute-les, ouvre les yeux sur la réalité qui t'entoure. Le 16 décembre dernier à Falloujah, je le répète, dans ta propre ville, pendant que tu t'attendrissais en regardant ta petite Jihad, Daesh a exécuté au moins cent cinquante femmes. Cent cinquante femmes parmi lesquelles de futures mères, parce qu'elles avaient refusé d'accepter le djihad du *nikah*, cette prostitution légalisée pour cause de « guerre sainte ». Le djihad comme vous le concevez n'a rien d'une guerre sainte, car le djihad n'a jamais signifié « guerre ». Et la « sainteté » d'une guerre est un immonde mensonge, qui légitime meurtres, viols, injustice, et qui répand la désolation.

Pour une fois, accepte de regarder juste autour de toi. À Falloujah, la mosquée Al-Hadra Al-Muhamadiya a été transformée en prison : voilà à quoi tes amis destinent nos lieux de prière. On y entasse des centaines d'enfants, de femmes et d'hommes. Daesh a fait distribuer des tracts dans les villes qu'il a conquises pour détailler les « droits » de ses combattants à prendre les femmes et à les forcer à se marier. Le règlement djihadiste permet d'épouser des femmes mineures ou d'avoir des esclaves sexuelles mineures. Des petites filles ! Tu entends, Nour ? Des petites filles. Maintenant que tu mesures un peu ce que ça fait d'être mère…

Je voulais te parler aussi des mots énigmatiques que tu as écrits en conclusion de ta dernière lettre. Tu as signé ta dernière lettre avec cette formule : « Ta petite Nour que sa petite Jihad a rendue à l'humanité. » Dois-je y voir une fêlure dans tes convictions ? Quand la raison n'est plus au rendez-vous, c'est l'émotion, le sentiment qui peut en faire office. Un philosophe français, Pascal, a dit que « le cœur a ses raisons que la raison ignore ». Alors…

suis ton intuition ! Nourris-toi de ton amour pour ta fille pour retrouver le chemin de ton cœur.

Je vous aime. Je vous embrasse très fort. Vous me manquez terriblement.

Papa et papy qui vous aime.

Falloujah, le 18 juin 2015

Mon papa chéri,

Ta lettre a mis beaucoup de temps à me parvenir. Je suis en colère contre ceux qui ont voulu te tuer et t'ont fait autant de mal. J'aurais pu les tuer de mes propres mains. J'écris cela sous le coup de l'indignation… mais tu sais bien que je ne pourrais tuer quiconque. J'ai un respect total pour la vie, et ceux qui sont condamnés à mort par mon mari ne le sont que parce qu'ils constituent une menace pour la vie des autres.

J'avais hâte de t'écrire pour te redire combien je t'aime et te parler de Jihad. Mais je voulais aussi pouvoir répondre à tes allégations, à la fin de ta lettre surtout. Tes soi-disant cent cinquante femmes assassinées n'ont jamais existé ! D'ailleurs, qui en parle encore ? Même les sites mensongers occidentaux que tu te complais à regarder n'y font plus référence. N'est-ce pas la meilleure preuve de l'inexistence de ces crimes ? Et pourquoi ne me cites-tu pas ceux commis par les armées occidentales tout au long de l'histoire, en particulier dans la période récente, à l'encontre des populations arabes et musulmanes ? On en trouve à foison, cités sur Internet. J'écris « crime » – un mot générique pour les viols, les exécutions sommaires, les tortures, les « bavures »…

N'oublie jamais que les pères de notre État sont nés de la torture et des humiliations subies dans les prisons américaines en Irak ! On peut réparer une injustice, mais on ne guérit pas d'une humiliation ! Dois-je te rappeler les milliers d'enfants de Falloujah vivant d'atroces souffrances à cause des bombardements ? Voilà pour la « réalité ». Inutile de chercher à nous convaincre de « réalités » qui nous opposent.

Tu me parles de nos vidéos. Oui, c'est vrai, on y voit des choses horribles, mais aucune victime n'est innocente : seuls sont exécutés, comme dans tout État où existe la peine de mort ou dans tout contexte de guerre, les traîtres et les coupables. As-tu déjà vu sur ces vidéos des propos défendant le fait que des innocents soient exécutés ? Non. Alors ne prends pas pour argent comptant les fausses vidéos qui nous sont attribuées. Nos capacités d'action par Internet sont limitées, car ce sont les Occidentaux, et en particulier les Américains, qui dominent cet outil de communication. Ne te laisse pas manipuler… Tu m'as toujours appris que la prudence et le discernement sont des qualités essentielles dans toute démarche intellectuelle.

Nos victoires récentes en Syrie et à Ramadi ne sont-elles pas, au demeurant, le signe qu'Allah *Soubhana wa ta'ala* est avec nous ? Comment une armée d'à peine quelques milliers d'hommes a-t-elle pu conquérir un territoire si vaste, en ayant à affronter les chiites et toute une coalition internationale menée par les plus puissants États du monde ? Est-il besoin d'en écrire plus ? Veux-tu que je te rappelle l'état des forces en présence quand Mossoul est tombée ? Plus les forces du mal se renforcent, et plus nous volons de victoire en victoire ! Ne vois-tu pas les anges qui épaulent nos combattants ? Partout où nous passons, tes propres idéaux renaissent : la vérité, la justice, la foi... Bientôt, papa, nos idéaux triompheront !

Au fond, tu es cohérent dans ton processus de pensée. Tu as toujours préconisé la liberté d'interprétation du Coran et des hadiths. Tu trouves légitime la lecture que tu en as. Sache que je ne te conteste pas le droit de l'avoir. Je ne suis pas sur la ligne de ceux qui t'ont agressé. Je te reconnais libre de penser ce que tu veux et d'interpréter l'islam comme tu l'entends. Cela ne m'empêche en rien de t'aimer. Mes seuls instants de colère et de mépris sont en réaction à ton propre mépris.

Car le problème est bien là. En adhérant à ta philosophie et aux principes en vogue en Occident, je serais, selon ceux-ci, libre d'interpréter comme bon me semble l'islam. Il se trouve que, contrairement à la tienne, mon interprétation rejoint celle que les musulmans transmettent depuis des siècles, depuis le Prophète, *que la paix et la bénédiction soient sur Lui*. Elle n'est pas seulement le fruit d'une réflexion marginale comme la tienne, qui est marquée par l'orgueil de l'innovation et de l'individualisme. Elle est, tout au contraire, le reflet de la sagesse des peuples musulmans qui se sont succédé sur cette Terre, et l'héritière directe de l'authenticité musulmane.

Alors, forte de tout cela, et même en ne prenant que ma propre réflexion au regard de ta philosophie, je suis bien libre de considérer que la vision de l'islam que je partage avec mes frères et sœurs est libre d'exister. Tu défends la liberté d'expression des blasphémateurs de *Charlie Hebdo*, mais tu fais bien peu cas de la nôtre : la liberté d'expression des véritables musulmans est bafouée en permanence par l'Occident et par les tyrans qu'il a mis en place dans nos pays pour servir ses seuls intérêts.

Pour quelques Occidentaux tués, on déplace les chefs d'État du monde entier et on fait pleurer toute la planète. Même des musulmans serviles s'associent à cet hommage. Mais pour les centaines de milliers de musulmans tués chaque année parce qu'ils ont simplement cette foi, ou parce qu'ils agitent seulement leur aspiration à la liberté que tu chéris tant, qui va pleurer ? Qui s'émeut ? Qui manifeste ? Dois-je te parler des Palestiniens ? Des Syriens ? Des Irakiens ? Des Libyens ? Des Soudanais ? Des Rohingyas birmans ? Des Tchétchènes ? Et de tant d'autres peuples martyrs sur toute la surface de la Terre ?

Papa, ton égarement semble sans limites. Ni la foi ni la raison ne semblent pouvoir te sauver. Tu es à des années-lumière de cette réalité à laquelle tu m'appelles sans cesse. La réalité a pour noms aujourd'hui l'État islamique libérateur, Jihad ma fille, Akram mon mari. Et Falloujah, mon petit paradis sur Terre.

Mais ce n'est pas de cela que j'aurais voulu te parler. J'aurais voulu te parler comme à un père, un grand-père, te raconter mon quotidien : celui de mon couple épanoui, des progrès de ta petite-fille. Mais est-ce que cela t'intéresse encore ? J'aurais voulu pouvoir prendre de tes nouvelles, car je suis inquiète que l'on t'ait fait du mal. Tu t'es enfermé depuis des décennies dans une tour inattaquable... qui t'étouffe. Les doutes dont tu prétends te nourrir sont devenus des certitudes. Tu as découvert soudainement mon attachement aux vraies valeurs de l'islam et mon départ parce que tu n'as en réalité jamais écouté ta fille. Tu aurais voulu que je sois à ton image ou à celle de cette mère dont le souvenir s'estompe chaque jour un peu plus. Même quand tu me parlais d'elle, au fond tu ne me parlais que de toi.

Tu m'invites dans ta dernière lettre à l'émotion, mais n'est-ce pas justement cette émotion qui te manque aujourd'hui ? La raison est ta prison. Tu invites bien sûr au rire, mais pourquoi ? Pas pour la richesse de l'émotion qu'il procure, mais pour en faire une arme intellectuelle. Si l'islam interdit le rire, ce n'est pas par inhumanité mais par sagesse. C'est vrai que les sœurs que je fréquente rient parfois aux éclats par mépris des autres. Je ne partage pas ce rire. Mes véritables amies sont des personnes simples, qui veulent vivre authentiquement leur foi et ne demandent rien d'autre. Elles n'ont de mépris pour personne et sont venues rejoindre l'État islamique pour échapper à toutes les hypocrisies occidentales. Car ici on se sent bien. On peut se sentir femme sans être esclave des modèles imposés par les sociétés du Nord. La véritable égalité, c'est ici qu'elle se vit.

Je sais bien qu'il y a des excès et des erreurs. Toi qui es si friand de mauvaises nouvelles, je peux t'en annoncer une que tes médias de référence n'ont pas manqué de signaler : c'est vrai, une jeune femme qui ne portait pas notre habit traditionnel – celui qui nous met toutes à égalité – a été exécutée. Elle portait un simple foulard. Les services de police dirigés par mon mari l'ont avertie à deux reprises, et elle a d'abord eu une simple amende. Et puis elle a continué. Pourquoi cet entêtement ? La troisième fois, un policier l'a abattue en pleine rue. Comme j'ai été choquée, j'ai interrogé mon mari sur cette affaire. Il n'a pas voulu me répondre dans un premier temps, aussi je me suis refusée à lui trois nuits durant. Il a fini par m'avouer que c'était une erreur. Le policier incriminé a été sanctionné, relevé de ses fonctions et envoyé combattre sur le front kurde. Voilà. Tu vois que je peux encore voir la réalité en face. Et même agir pour qu'elle s'améliore quand elle n'est pas conforme à la Sharia. Mais on ne dira rien de la réalité de cette histoire dans tes médias, n'est-ce pas ? On dira juste que nos combattants sont des barbares...

Crois finalement ce que tu veux, mais garde à l'esprit qu'au-delà de moi c'est désormais notre petite Jihad que tu juges. Elle aussi serait un monstre ? Elle rit aux éclats, tu sais. Elle sourit tout le temps et marche maintenant à quatre pattes, à toute vitesse. Tu serais si fier d'elle si tu la voyais ! Je n'aurais jamais imaginé qu'on puisse être instantanément amoureux de son enfant. Dès sa naissance, elle est devenue en quelques instants la chose la plus merveilleuse et la plus aimée qui soit. Mais elle ne t'a pas remplacé, papa. L'amour est comme une flamme qui fait s'animer une bougie. Elle ne s'éteint pas parce que l'on allume une autre bougie. L'amour est inépuisable.

C'est formidable une famille, papa. Les parents d'Akram ont été tués dans un bombardement américain en 2004. Jihad a besoin de son grand-père : ne nous oublie pas dans tes prières et dans ton cœur. Nous sommes trois désormais. Inséparables, unis pour la vie et, je l'espère, pour l'éternité.

Prends soin de toi, mon papa chéri. Je veux que tu connaisses Jihad et qu'elle hérite un peu de la folie de son grand-père, et surtout de sa grandeur. Sois grand, papa ! Sois fort ! Si tu ne veux pas rejoindre notre combat, rends-lui au moins justice en le regardant tel qu'il est. Et n'oublie pas que, pour t'écrire, je trompe la vigilance de mon mari. J'en ai honte, mais je veux pouvoir continuer à échanger avec toi sans mettre en péril sa réputation et ses responsabilités.

Je veux ainsi vous préserver tous deux. Je ne te l'ai pas encore avoué, mais je me suis brouillée avec plusieurs sœurs et j'aurais pu mettre ainsi mon mari en danger. Tes travaux et tes positions ne sont guère connus dans le monde musulman. Tu es surtout célébré en Occident comme un penseur remarquable. Et encore ! Surtout par une poignée d'orientalistes qui connaissent tes recherches sur le Coran. Mais on a fini par apprendre ici que j'étais ta fille, et certaines sœurs ont cherché sur Internet des informations sur toi. Comme elles ne vont que sur des sites islamistes, les données à ton sujet étaient toutes à charge. J'ai dû te défendre, et je l'ai fait sans concession. En plaidant même pour certaines de tes idées que je ne partage pas ou dont je me suis éloignée depuis que je suis ici. Mon mari m'a reproché cette position : c'est la première fois que nous nous sommes vraiment opposés. Tu vois, même à cinq mille kilomètres, tu arrives à semer le trouble dans mon couple…

Enfin, ne crois pas que je sois dupe des exactions commises. Je ne partage pas la stratégie des attentats-suicides et des tueries d'innocents, mais je les comprends. Nous sommes en guerre et il n'y a pas de guerre propre. Face à un Occident tout-puissant, il faut parfois agir salement. Tous les pays ont connu cela. Les pays du Nord n'ont pas été épargnés par les attentats perpétrés par leurs propres minorités ou opposants. Tu n'as pas oublié les Basques en Espagne, les Corses en France, l'Armée républicaine catholique en Irlande. Sans parler des assassinats commis par des groupes d'extrême gauche : la bande à Baader, les Brigades rouges et tant d'autres. Là aussi, des victimes innocentes ont trouvé la mort. Je ne préconise pas de telles choses, et j'ai été particulièrement troublée, en avril dernier, par l'assassinat de vingt-huit chrétiens en Libye par des gens se revendiquant de nous. Sans parler des exactions sur des femmes par Boko Haram au Nigeria. J'espère que maintenant qu'ils ont prêté allégeance au Calife ils sauront mener un combat serein, car notre cause à tous est noble et juste.

Je t'aime et je te le redis : prends soin de toi ! Mets-toi éventuellement en retrait pour quelques mois. Cela ne t'empêchera pas de travailler. En tout cas, évite de publier pendant un certain temps, ou de tenir des propos trop progressistes à tes étudiants en ce moment. Je sais que ce que je te demande te paraîtra farfelu, voire insultant. Mais oublie l'orgueil : tes travaux n'ont pas besoin d'un cadavre, d'un martyr de la déesse «raison». Ils ont besoin d'un intellectuel en forme pour assurer leur pérennité.

Nous t'embrassons, mon papa chéri. Écris-moi vite, le courrier a tant de mal à arriver. On nous interdit toujours le téléphone pour ne pas être repérés par les drones. Mais ne te fais pas d'illusions sur la phrase que tu as jugée énigmatique en fin de mon dernier courrier : elle n'exprimait rien d'autre que le sentiment de l'instant. Un instant forcément fugace et volatile. Je t'aime.

Nour, qui n'est plus rien sans sa Jihad.

30 septembre 2015

Ma Nour chérie,

Tout ce que tu me dis de la petite Jihad soulage mon cœur et me redonne de la force. J'ai mis de longs mois à me remettre de mon agression. Et mes ennuis continuent : bien que j'aie été victime, le ministère de l'Éducation a considéré que ce sont mes écrits et mes propos tenus en cours qui avaient été provocateurs. Je suis donc définitivement démis de mes fonctions. Les auteurs de mon passage à tabac ont été condamnés à des peines symboliques pour « atteinte à l'ordre public ». On n'a même pas retenu à leur encontre la charge de tentative d'assassinat ou même d'agression physique. Les juges ont seulement évoqué une bousculade. Bousculade qui m'a valu quatre mois d'hôpital et deux opérations ! Je te passe les détails pour ne pas nourrir ton inquiétude. Je me déplace encore avec difficulté et avec beaucoup de souffrances.

Mais une fois de plus, ce sont les attaques morales qui me font le plus de mal. Je dois passer le mois prochain devant un tribunal pour le délit d'apostasie. Moi qui connais le Coran par cœur, qui prie cinq fois par jour, qui pratique assidûment le *dhikr*, qui étudie sans relâche le Coran, le hadith et la Sunna depuis quarante ans ! Moi qui observe toutes les recommandations de l'islam généralement admises, même sans forcément y adhérer. Sais-tu que tu es dans chacune de mes prières ? Et dorénavant Jihad aussi. Même ton Akram y trouve une place. Pour que lui aussi soit guidé et pardonné.

Que me reproche-t-on finalement ? De n'être qu'un humble musulman ébloui par la sagesse infinie d'Allah ? Un musulman qui n'éprouve pas le besoin de répéter les mêmes inepties sur l'islam que ses prédécesseurs et ses contemporains. Qui se veut sincère et cherche inlassablement à comprendre la Vérité, si tant est qu'il n'y en ait qu'une. Heureusement, dans notre pays, ce crime n'est pas encore puni de la peine de mort, ni même d'une peine de prison... mais c'est tout comme. Ce que l'État ne fera pas, d'autres s'en chargeront à sa place. La simple condamnation par un tribunal, même à une peine symbolique, suffira à ma mort sociale. Et même à ma mort tout court.

Notre pays, tu le sais, a signé le Pacte international relatif aux droits civils et politiques. Son article 18 affirme la liberté de conscience. Mais c'est une signature qui ne me protège en rien. Le Conseil supérieur des oulémas a émis il y a six mois une *fatwa* selon laquelle tout musulman qui apostasie mérite la peine de mort. Son avis ne s'imposera pas à la justice, mais servira d'argument à tous les obtus qui, en me mettant à mort, se donneront le sentiment d'être un combattant de l'islam, un compagnon du Prophète. Des combattants de la bêtise, oui ! Des compagnons de l'indigence intellectuelle et morale. Heureusement qu'Allah et le Prophète ne leur ressemblent pas ! Ils ne sont pas le Coran, mais sa rature. « C'est dur d'être aimé par des cons », a fait dire au Prophète le journal *Charlie Hebdo*. Mais je t'assure, ma petite Nour, que c'est encore plus dur d'être détesté par ces mêmes cons, surtout quand on est un musulman en terre d'islam.

N'avons-nous donc rien à offrir à notre jeunesse ? Nos diplômés meurent de faim et balayent les rues pour survivre. Leur liberté de penser et de s'exprimer est sans cesse bridée par notre histoire, notre culture, notre système politique, nos institutions, l'étroitesse de notre enseignement. Dans toutes ses strates, notre société est gangrenée par le bakchich, l'individualisme forcené ou, à l'inverse, par le clanisme médiéval. Dès que le moindre fonctionnaire a un peu de pouvoir, il n'en fait usage que dans son propre intérêt. Heureusement, on peut citer quantité d'exemples qui prouvent que notre société est également tout le contraire de cela. Riche de son histoire et de sa culture, de l'imagination et de l'enthousiasme de sa jeunesse.

Alors, ma petite Nour, je ne sais plus quoi te dire. Ton père sera-t-il encore en vie pour recevoir ta prochaine lettre ? Car ici tout n'est plus que sacralisation et blasphème. On sacralise tout, et tout devient alors blasphème, insulte à Allah et à son prophète. Ils ne connaissent plus rien de l'islam. Son appel à l'amour, à la fraternité, à la connaissance et à la bienveillance n'a plus sa place dans notre société. L'État a privé le citoyen de toute velléité politique. Il a bombardé l'homme chef de famille, faisant de lui le tyran indécrottable qui compense, par l'autorité paternelle dans l'espace privé, le pouvoir qu'il n'a plus, et qu'il n'a peut-être jamais eu, dans l'espace public.

Oui, la sacralisation est le poison suprême. On sacralise l'islam, le Coran, la Sunna. Le Prophète a remplacé le Coran. On l'idéalise à outrance, faisant presque de sa parole une parole supérieure au Livre révélé. La psychanalyse nous l'apprend clairement : tout modèle parfait ouvre la porte aux perversions chez celui qui y aspire mais ne peut l'atteindre. Nos législations sont truffées de contraintes liberticides directement édictées par le hadith, dont on a fait un fourre-tout indigeste mais qui guide nos consciences et nos lois. L'humilité du Prophète, son attitude exemplaire, ses erreurs parfois : tout cela est gommé au profit d'un être considéré comme parfait, ce qu'il n'a jamais prétendu être. On lui prête toutes les qualités, surtout celles qui peuvent justifier l'emploi de la barbarie. Quelle négation de l'islam ! C'est pourquoi je préfère voir en Mohammad un modèle, certes, mais un modèle imparfait. C'est lui qui me guide et renforce ma foi y compris par ses imperfections.

Car il n'y a que la vie qui soit sacrée, la nôtre et celle des autres. C'est le plus beau cadeau d'Allah. Ta petite Jihad te le démontre tous les jours. Allah nous a demandé de la préserver en permanence, cette vie si fragile. Pas de la massacrer : ton Daesh est une négation de l'islam, son antithèse. Quatre-vingt-dix pour cent de ses victimes sont des musulmans ! Et le reste est aussi constitué de vies respectables et innocentes, peu importe qu'elles soient musulmanes ou non.

Toute sacralisation mène au désastre totalitaire. Toute référence à des identités individuelles ou collectives est un leurre. Il n'y a qu'une seule identité, c'est l'identité humaine. Cette pauvre identité faite de lâcheté et de courage, d'égoïsme et de générosité, et de toutes ces choses dont je t'ai déjà parlé si souvent. Toute globalisation engendre des contre-globalisations. Fuis comme la peste ces idées toutes faites et les images stéréotypées des êtres humains ! Il n'y a qu'une grande famille humaine composée d'individus tous différents.

Fuis définitivement, aussi, toute sacralisation : à cause de tout ce que j'ai subi depuis que j'étudie l'islam, j'aurais pu mille fois insulter Allah ou perdre la foi. Je ne l'ai jamais fait, car pour toutes mes questions restées sans réponse, la prière et la méditation m'ont sauvé. Surtout la prière, car elle est abandon – du mental, du corps et du cœur, de l'âme peut-être. Sentiment d'appartenir au Grand Tout, d'être à la fois un atome d'Allah et le frère de tous les autres atomes, dans l'infinité de la Création. Alors oui, je suis pour le blasphème et le sacrilège ! Car eux seuls peuvent nous aider à différencier le vrai du faux, à différencier l'authentique voie vers Allah des bigoteries anxiogènes, à différencier la noble élévation vers le beau de la dérive paranoïaque et mortifère de l'islamisme.

Tu me reproches sans cesse d'être sous une influence occidentale. Vous, les islamistes – mais je pourrais dire la même chose des extrémistes islamophobes –, ce que vous ne supportez pas, ce sont les mélanges. Vous rêvez d'un islam coupé du reste du monde, comme des Occidentaux islamophobes prétendent que leur culture n'aurait rien de commun avec l'islam. La guerre des civilisations n'est qu'une guerre des ignorances organisées. Le métissage culturel est votre hantise tout comme le métissage physique était le péché suprême pour les tenants de l'inégalité des races. Pour cette raison, les mêmes détestent aussi la notion de « laïcité », car elle est par excellence l'instrument du mélange. Comment s'étonner que les musulmans extrémistes la dénoncent et que des laïcs islamophobes en fassent un instrument d'exclusion des musulmans ?

Si nous voulons dépasser tout cela, il nous faut créer des ponts et pas des murs. On ne se sécurise pas dans une forteresse : on y meurt assiégé. Qu'il s'agisse des murs que la Hongrie est en train de bâtir pour interdire l'entrée de l'Europe aux réfugiés ou de ceux qu'Israël construit depuis longtemps pour refouler les Palestiniens, ils ne dureront pas éternellement. Le seul destin d'un mur, c'est l'effondrement. De lui-même et de tout ce qu'il était censé préserver.

La culture est un pont. Elle permet, par le partage d'émotions, de franchir les frontières symboliques et physiques, de dire combien nous sommes profondément les « mêmes » dans notre humanité. N'oublie pas que nous n'avons probablement qu'une vie et que nous devons tout faire pour retrouver la pulsation réparatrice du souffle de cette vie.

Parfois j'ai envie d'être sourd au monde, à ses injustices, à ses souffrances. Pour me mettre en résonance de ce qu'Allah nous enseigne. Pour retrouver la paix au milieu du chaos. Je suis sûr que ce sont des moments comme celui-là que te procure ta petite Jihad. Ces instants uniques où tu te branches à nouveau avec le cœur battant du monde et de sa vérité.

Tous tes amis de Daesh sont des désespérés de la vie. Ils ont peur de la culture, détruisent des sites historiques uniques au monde. Ils ont même peur des vieilles pierres. La culture, c'est pourtant la clé de notre survie. L'imaginaire, les arts, la littérature, la musique, la poésie, l'humour… tout cela nourrit l'amour pour l'humain et le doute, ce doute qui éloigne des certitudes qui mangent les humains. Je te le redis : tes kamikazes sont désespérés de cette vie sur Terre et finalement victimes eux-mêmes. Comment peut-on créer autant de désespérance ? Par la perspective d'un Paradis de pacotille, où les vierges s'obtiendraient à coup de suicides criminels ? Plus je causerais de morts en me suicidant, plus j'aurais de vierges ? Quel idéal de merde !

Après tout, peut-être ont-ils manqué d'amour, de tendresse, d'accès à l'éducation et à la culture ? Mais toi, pourquoi toi ? Tu restes une énigme pour moi.

J'ai tout perdu depuis ton départ, et sur tous les plans. Intellectuellement j'ai échoué car je n'ai pas su te convaincre de la justesse de ma pensée. Affectivement, je t'ai perdue car tu es partie, et il ne se passe pas un instant sans que je pense à toi. Dans ma foi même : je suis un musulman pratiquant et on va me condamner pour apostasie. Et j'ai été battu et laissé pour mort par l'étudiant qui incarnait pour moi le futur de mes quarante années de travaux.

Mais tout cela est sans doute une juste punition d'Allah, qui a ainsi récompensé l'orgueil dans lequel je m'étais insensiblement enfermé. Tu as raison, Nour : trop de certitudes ont effacé mes questionnements sans que j'en aie pris conscience. Car les doutes, oui, les doutes, doivent toujours l'emporter sur les certitudes.

Je vous aime.

Papa

Falloujah, le 22 novembre 2015

Mon cher papa chéri,

Cette lettre va te causer une grande peine. Depuis ma dernière lettre, beaucoup de choses horribles se sont passées. Je te rassure tout de suite : Jihad va très bien. Tu le sais d'ailleurs, puisque cette lettre t'est parvenue en même temps qu'elle. J'imagine l'espoir qu'a suscité l'arrivée de ma petite Jihad. Elle sera ta nouvelle Nour. Je voudrais te dire tout de suite ce que j'ai d'important à t'apprendre, mais je préfère te raconter les choses de façon chronologique.

Quelques jours après l'envoi de ma dernière lettre, tout a été très vite. Ce sont d'abord ces musulmanes que je prenais pour des amies, devant lesquelles je t'avais défendu, qui m'ont donné le premier coup. Elles sont d'une jalousie maladive, je ne sais même pas pourquoi. Elles aussi ont des enfants. Plusieurs ont des garçons, qu'elles préfèrent aux filles. Mais elles m'ont méprisée dès que Jihad est née, et elles m'ont dit que je ne serai plus une vraie femme pour mon mari. Elles se sont mises à raconter des horreurs. Je les ai insultées et rejetées. Je ne les voyais plus, mais elles n'avaient finalement pas tort vu la suite des événements.

Cela n'a pas été facile, mais j'ai pu avoir quelques informations que j'aurais préféré ne jamais connaître. Mon mari me trompe, et il justifie ses horreurs par des *fatwas*, des versets et surtout des hadiths. Pour lui, tout ce qu'il fait est légitime. C'est le « mariage du djihad ». Mon mari avait déjà des femmes avant notre mariage. Il en a eu d'autres depuis, qu'il a achetées. Ce sont ses esclaves et il en dispose comme il veut.

Papa… il en a même de très jeunes ! C'est horrible. Quand je lui ai reproché tout cela, il m'a battue. Il n'avait jamais levé la main sur moi auparavant, nous vivions une parfaite harmonie. Il m'a alors enfermée plusieurs jours dans notre maison, justifiant cette violence par des références coraniques. Une fois encore j'ai relu ta correspondance : ta dernière lettre à plusieurs reprises, puis les précédentes. Elles n'ont plus produit sur moi le même effet. Je croyais toujours sincèrement tout ce que je t'avais dit, mais quelque chose grondait en moi. Une colère sourde. Encore ténue, mais qui me rongeait de l'intérieur.

C'est une vraie amie, la seule qui me restait, qui t'a fait parvenir ma lettre précédente. Elle aussi était dans la difficulté et elle voulait partir. Pas moi : je voulais rester ici à aider les gens. Notre cause n'a pas toujours les mains propres, comme je te l'ai déjà écrit, mais elle est juste. Sa vérité vaut largement qu'on lui pardonne ses « dommages collatéraux », comme disent avec tellement d'élégance les médias occidentaux. C'est du moins ce que je croyais.

L'amie dont je viens de te parler était enceinte de huit mois, et le bruit a couru qu'elle voulait s'enfuir. En me rendant un matin à mon bureau des affaires sociales de Falloujah, j'ai d'abord eu du mal à discerner ce qui pendait en haut d'un mât. La forme que je distinguais ne ressemblait à rien : ni humain ni animal. Ce n'est qu'en m'approchant des badauds qui regardaient vers le haut en souriant et en proférant des insultes que je l'ai reconnue. Elle était pendue par les pieds. Ses yeux avaient été exorbités et crevés. Ils glissaient le long de ses joues, battus par le vent. Plus bas, son bébé mort était encore attaché par le cordon ombilical. Elle avait d'abord été éventrée, expliquaient les témoins de sa mise à mort. Son agonie avait été très longue. J'ai vomi à plusieurs reprises et je me suis réfugiée sous un porche pour m'évanouir loin des regards.

C'est mon propre mari qui l'a exécutée. Akram est un monstre : tu avais raison, papa. Je suis rentrée rapidement à la maison pour mettre Jihad à l'abri et chercher à me sauver. Akram m'attendait dans la pièce. Il m'a regardée en silence. Il m'a parlé calmement de mon amie et de la justice d'Allah. J'ai à nouveau vomi plusieurs fois. Heureusement, il n'a pas compris tout de suite que je condamnais son geste et que je voulais partir. Que cet acte abominable m'avait ouvert les yeux et avait fermé définitivement mon cœur à toute croyance. Je n'ai eu de cesse de penser à Jihad. Et j'ai dit à Akram que même si cette femme – elle s'appelait Houria –, même si elle était mon amie, la justice d'Allah m'avait éclairée quant à sa vraie nature. Je l'ai même remercié pour son geste ! Quand il m'a fait l'amour juste après notre brève discussion, c'était comme s'il me violait. Tout mon corps se refusait à lui mais je suis parvenue à jouer la comédie. J'ai vomi à nouveau, puis j'ai souri en lui disant que j'étais peut-être de nouveau enceinte. Il est parti peu après.

La nuit qui a suivi, papa, je l'ai d'abord passée en prière. J'ai supplié Allah d'accepter mon amie au Paradis. Comme s'il pouvait en être autrement… Elle était très pieuse, tu sais, très douce et très bienveillante. J'ai pensé à toi, à tout ce que tu m'avais dit dans tes lettres, mais aussi à ce que tu m'as appris plus petite : ne jamais détester personne, toujours aimer, même le pire être de la Terre. Comme tu le répètes toujours : « Il faut voir le prince charmant derrière le crapaud. »

Mais je n'ai pas pu, papa. Je les ai maudits, tous. Et puis je me suis maudite moi-même. J'ai ressenti le besoin de me laver de cet islam que j'ai fréquenté depuis mon arrivée ici. Je me suis douchée, j'ai voulu arracher ma peau comme si cet islam sale me collait à l'épiderme et que je voulais m'en défaire. C'est une sensation physique indescriptible. Je suis en train de t'écrire et je me rends compte que mon écriture est difficilement lisible, même pour moi. Et mes larmes sur le papier n'arrangent rien. Mais je ne pourrai pas réécrire cette lettre, papa, car c'est la dernière.

Ce qui me reste à t'écrire est le plus dur. Cette nuit, que j'avais commencée en prière et continuée sous la douche, je l'ai finie dans le silence d'une déchirure intérieure. J'ai désormais comme une sorte de trou béant dans mes entrailles et dans mon cœur. Seul y subsiste un petit espace chaleureux où vous avez place, Jihad et toi.

Au réveil, papa, j'avais perdu la foi. Je ne crois plus à un dieu qui permet de telles horreurs, aussi injustes. Tu sais, j'en entends parler depuis longtemps, mais j'étais trop fière pour te l'avouer. Pourtant, c'est vrai : en Irak et en Syrie, de nombreux musulmans renoncent à leur foi, écœurés par ce qu'ils voient faire par Daesh au nom de l'islam.

J'ai repensé aux enfants de Falloujah. J'ai repensé à l'enfant d'Houria, mon amie qui porte le nom de la liberté. Elle aussi se faisait une joie de la naissance de son enfant. Il est mort avant de naître, tué des mains mêmes de mon mari. Quel sens tout cela a-t-il, papa ? Nous sommes otages de monstres. Daesh et l'Occident ne sont-ils que les deux faces de la même pièce ? À la barbarie de Daesh répondent l'impérialisme, le libéralisme et leur cortège de monstruosités quotidiennes. Cette vie sur Terre n'est qu'un cirque pathétique et tragique. Comment pourrait-on y voir le dessein d'un dieu juste, aimant et bienveillant ? Je ne crois plus à rien de cette mascarade. Comme les survivants de la Shoah, je me demande : « Que faisait Dieu pendant ce temps-là ? » Il était où durant les souffrances d'Houria ?

J'ai appris aussi ces derniers jours les attentats à Beyrouth, à Paris et celui de Bamako il y a deux jours. Tant d'innocents sacrifiés sur l'autel de nos certitudes ! Comment guérir de tout cela ? Tu as raison, papa. Partout où l'horreur surgit, ce ne sont pas les murs qu'il faut construire mais des ponts. Eux seuls peuvent nous aider à franchir les épreuves de la vie.

Quelques jours après le supplice d'Houria, j'avais tout organisé pour partir avec ma petite Jihad et te retrouver, papa. Mais Akram a découvert mes préparatifs et il a compris mes intentions. Il n'a pas élevé la voix ce soir-là. Il m'a frappée, frappée encore, laissée à demi-morte. Jihad a assisté à cette scène épouvantable. Au matin, Akram m'a posément expliqué qu'il devait appliquer la justice d'Allah. J'étais une *mounāfiqa*, une hypocrite, et ma fille, la fille d'une *mounāfiqa*. Nous devions mourir toutes les deux !

Puis il m'a fait une proposition. Je ne sais pas si c'est par générosité ou par perversité. C'est cela qui va te faire le plus mal, papa. Quand tu vas recevoir cette lettre, je serai probablement déjà morte. Ce que m'a proposé Akram, c'est un marché odieux. Je lui avais si souvent parlé de toi. Il m'a imposé la chose suivante, et je pense qu'il tiendra sa parole car, même si c'est un monstre, c'est un homme droit.

Voilà : demain matin, je vais me faire exploser sur un marché de Bagdad. Je vais tuer des innocents. En échange, Akram laissera partir Jihad avec ma dernière lettre pour te rejoindre. Je ne suis pas fière de ce que je vais faire, mais je n'ai plus foi en rien. Les seules pépites qui brillent encore dans mon cœur sont Jihad et toi. Je vais pouvoir vous réunir et peut-être vivrai-je un peu à travers vous ? Mon propre destin n'a aucune importance. Mon dernier acte dans cette vie sera une belle saloperie : je vais tuer des innocents que je ne connais même pas, pour une cause que je ne défends plus, au nom d'un dieu en lequel je ne crois plus. Quelle ironie…

Je te confie Jihad, ta petite-fille. Prends soin d'elle comme tu as pris soin de moi. Élève-la comme tu m'as élevée. Tu m'as donné le meilleur de toi-même et j'en ai fait un mauvais usage. Forte de mes erreurs, Jihad saura trouver une voie nouvelle pour elle-même et nos sociétés. Une voie faite de ces mélanges dont parle ta dernière lettre. Je suis sûre que tu sauras trouver les mots pour qu'elle échappe au désenchantement qui a effacé chez moi toute foi en un monde meilleur, ici ou dans l'au-delà. Je suis encore en vie, mais je ne suis déjà plus de ce monde, papa. Mon destin ne m'appartient plus. Tout comme les Arabes ne sont plus aujourd'hui à l'initiative de leur propre histoire.

Je te demande pardon, papa. Tu m'as donné tout ton amour et je m'en suis détachée. Tu m'as montré la voie et je m'en suis écartée. J'en paye aujourd'hui le prix fort. Qu'Allah aussi, si tant est qu'il existe autrement que dans nos cerveaux angoissés, qu'Allah aussi me pardonne !

Je me sacrifie pour que ma Jihad vive. Je pars apaisée, la haine est la colère des lâches.

Je vous aime.

Nour

23 novembre 2016

Ma petite Nour chérie,

Cela fait tout juste un an que tu es partie pour ce marché de Bagdad. On a retrouvé ton corps déchiqueté à un kilomètre de la ville. Un témoin t'a vu faire tes ablutions à une fontaine et puis te faire exploser. Il n'y avait personne là où tu as choisi de mourir. Tu as renoncé à tuer pour sauver ta fille, et elle a quand même été épargnée. Akram a-t-il préféré la laisser en vie lui aussi, par un sursaut d'humanité ? J'ai la prétention de croire qu'Allah a peut-être entendu mes prières. Et aussi que tu t'es à nouveau retrouvée en lui au moment de faire ton choix ultime et décisif.

Quand j'ai reçu ta lettre en même temps que Jihad, j'ai pleuré sans discontinuer trois jours durant. C'est la petite qui m'a aidé à me relever. Comme il y a presque dix-sept ans, quand je me suis retrouvé seul avec toi.

À l'heure où je t'écris, ta petite Jihad est sur mes genoux et elle gribouille un dessin pour sa maman. Elle a beaucoup grandi. Elle a fait ses premiers pas quelques jours après son arrivée chez nous. Elle commence à parler. Elle est aussi d'une rare intelligence. Tonton Daoud et tata Djamila nous ont rendu visite. Jihad a ri, tellement ri, en entendant tonton Daoud raconter ses histoires de Djeha ! Je suis maintenant obligé de lui en raconter une tous les soirs.

Mais à son réveil, chaque matin, c'est toi qu'elle réclame. Et invariablement son visage s'assombrit quand je lui rappelle que tu ne seras plus jamais là. Elle sait que je t'écris aujourd'hui au Paradis. Car c'est bien là que tu es ma petite Nour ? Auprès de ta maman chérie. J'ai hâte de vous retrouver. Hâte que nous soyons à nouveau réunis, pour l'éternité.

Mes ennuis avec la justice sont provisoirement suspendus. Ta mort en « martyre » a changé la donne. On me soupçonne à nouveau d'avoir inspiré ton geste. D'autant que j'ai hérité de Jihad, que l'on m'a autorisé à adopter. Je n'ai plus le droit de vieillir désormais, car je dois veiller sur elle. Tu vis en Jihad comme ta maman vivait en toi. Tu avais raison, Nour : Jihad est l'espoir de nos peuples, l'espoir des croyants. Car un jour prochain, le monde arabe sera un monde meilleur, apaisé, ouvert sur la planète. Fier de son histoire, fier de sa culture, fier de sa diversité retrouvée, fier de Nour et de Jihad.

Je t'aime. Pour l'éternité.

Ton papa

Postface

En arabe, « Nour » désigne la lumière lunaire, celle qui, blanche au milieu de la nuit, permet de circuler dans l'obscurité et de trouver son chemin. Quand j'ai choisi ce prénom pour la jeune fille qui est au cœur de ce roman épistolaire, je n'imaginais pas alors à quel point il serait à la hauteur de sa signification. Car *Lettres à Nour*, au gré des lieux où il a voyagé, a beaucoup ému, questionné, bousculé, mis en colère parfois, des jeunes, des moins jeunes, des responsables politiques, des détenus, des étudiants, des artistes, des parents… Mais surtout, il a ouvert un espace de dialogue insoupçonné : un lieu pour parler, confier ses craintes et ses inquiétudes, proposer des solutions et des actions, se confronter et s'écouter. Et surtout, se retrouver.

Se retrouver pour une lecture un soir de printemps dans la vieille église portugaise d'El Jadida, au Maroc, et entendre, au loin le chant de l'appel à la prière et les versets récités par l'imam tandis que timidement, la lecture du texte commençait. Et comprendre le sens du mot « silence religieux ». Se retrouver, cet été, au siège de l'ONU, à New York, devant un parterre de diplomates plus habitués à entendre des rapports qu'à entrer dans une fiction pour comprendre les ressorts d'une tragédie avec laquelle ils se débattent. Et se sentir utile. Se retrouver aussi, en prison, en France ou en Belgique, avec des détenu(e)s d'abord méfiants, puis attentifs, qui prennent à leur compte ce projet et écrivent à leur tour leurs propres « Lettres à Nour ». Et les entendre me dire à la fin : « Ce texte nous a comme enlevé une partie de notre colère. » Se retrouver souvent, très souvent, dans des écoles, avec des adolescents curieux, prompts à la révolte, provocateurs, prêts à faire leurs les arguments de Nour. Et détricoter avec eux, patiemment, les fils de l'idéologie qui pourrait, un jour, les tenter, les happer, les broyer. Et recevoir avec une profonde joie, à la fin, leur « merci », comme celui de leurs professeurs qui ont continué le travail ensuite, en classe, parfois avec des dossiers pédagogiques comme à Liège, pour que le dialogue ouvert ne se referme pas, ne se referme plus.

Lettres à Nour, ce sont donc des dizaines et des dizaines de voyages, de lectures, ce sont des heures de conférences et d'échanges avec le public, ce sont des milliers de kilomètres parcourus dans des endroits où les enjeux sont différents (comme en Italie où la pièce a figuré dans plusieurs festivals) mais où l'émotion est la même face à cet enjeu qui nous convoque. Ce sont des sourires, des larmes, beaucoup de larmes, ce sont de très belles rencontres avec des professeurs, des artistes qui l'ont soutenu comme Francis Huster, ou qui ont voulu le reprendre, le porter, comme Charles Berling, ou Éric Cantona. Je les remercie ici de prolonger, autrement la vie de ce texte dont je ne soupçonnais pas, à l'origine, qu'il pourrait un jour avoir cette autre vie.

En effet, lorsque j'ai écrit *Nour, pourquoi n'ai-je rien vu venir ?*, j'avais choisi la fiction parce que la raison me semblait soudain vaine pour saisir et dépasser la violence qui nous frappait. Moi qui n'avais jusque-là commis que des essais, j'ai senti, presque intuitivement, que cette fois il fallait passer par une autre forme d'écriture. Celle qui, pour reprendre ces termes que j'affectionne du philosophe Marc Crépon, est là pour « nous signaler qu'on n'est jamais seul face à l'épreuve de la violence, tant que subsistent le secours et la consolation des livres, et le don de leur écriture ». Mettre entre la violence du monde et soi-même, entre la violence et nous, le rempart des mots qui forcent à l'écoute. Je me souviens de ce professeur de lycée qui me dit, après avoir vu la pièce avec ses élèves, que pour la première fois ils avaient pu prendre le temps d'écouter sans s'interrompre. C'était cela que je recherchais dans la forme littéraire : déposer des visions du monde opposées dans des lettres où chacun pouvait développer son point de vue sans être coupé.

Lorsque le livre est devenu lecture, puis pièce jouée à travers le monde, le texte a comme pris une autre dimension, une autre vie. Le dialogue est devenu réel en dehors du texte, il s'est incarné dans les questions du public, ses doutes, ses peurs, ses espoirs aussi. C'est comme si la pièce, au fond, réalisait le rêve du livre, en permettant l'écoute et la rencontre de points de vue que tout prédisposait au conflit. Arriver à se parler sans se juger, et sans se détester, c'est je crois ce que ces lectures ont permis et rendu possible. Et mon seul souhait, aujourd'hui, est que cette magie qui opère à la fin des représentations, puisse continuer à opérer dans notre environnement, au quotidien. Que chacun puisse en emporter un peu avec lui et la prolonger, partout.

Passer par l'intime, passer par les émotions qui nous sont communes, pour penser un des drames de notre époque, c'est construire un espace et une rhétorique du sensible en les mettant au service du sens. Le dialogue entre ce père et Nour, sa fille, est comme un temps suspendu où les idées se combattent tandis que les cœurs se rejoignent un peu plus, une parenthèse qui pose les fardeaux sans annihiler l'amour. Et c'est précisément le message que je voulais faire passer avec mon texte. Car je fais mienne, ici, cette phrase de Pina Bausch : « longtemps, j'ai pensé que le rôle de l'artiste était de secouer le public. Aujourd'hui, je veux lui offrir sur scène ce que le monde, devenu trop dur, ne lui donne plus : des moments d'amour pur ». Et j'ajouterai : sur scène et au-delà. Partout où l'on peut, et partout où l'on doit. C'est ce chemin, périlleux, qui pourra peut-être, c'est mon espoir, reconstruire du Sens.

Janvier 2019

DU MÊME AUTEUR

Nous avons tant de choses à nous dire
Pour un vrai dialogue entre chrétiens et musulmans
(avec Christian Delorme)
Albin Michel, 1997

Les Nouveaux Penseurs de l'islam
Albin Michel, 2004
et « Espaces libres », n° 185

La Construction humaine de l'Islam
Entretiens avec Mohammed Arkoun
et Jean-Louis Schlegel
Albin Michel, 2012

La République, l'Église et l'Islam
Une révolution française
(avec Christian Delorme)
Bayard, 2016

Le Coran expliqué aux jeunes
Seuil, 2013
nouvelle édition augmentée, 2016

Finalement, il y a quoi dans le Coran ?
(avec Ismaël Saidi)
La Boîte à Pandore, 2017

Des mille et une façons d'être juif ou musulman
Dialogue
(avec Delphine Horvilleur)
Seuil, 2017
et « Points », n° P 323

Ainsi parlait ma mère
Seuil, 2020
et « Points », n° P 5301

Dans les yeux du ciel
Seuil, 2020
et « Points », n° P5489

Voyage au bout de l'enfance
Seuil, 2022
et « Points », n° P5689

Le Silence des pères
Seuil, 2023

RÉALISATION : IGS-CP À L'ISLE-D'ESPAGNAC
IMPRESSION : CPI FRANCE
DÉPÔT LÉGAL : FÉVRIER 2019. N° 141777-9 (3054518)
IMPRIMÉ EN FRANCE